KB170639

점 좋아하세요?

이혁경 지음

점 좋아하세요?

이혁경 지음

테마북스

역학을 이해하면 삶이 즐거워진다.

하늘에 구름이 끼면 비가 올 것을 알고 구름이 걷히면 해가 나타날 것을 누구나 예측할 수 있듯이 주역은 그리 어려운 게 아닙니다. 우리 일상 생활의 자연스러운 흐름을 시간이란 약속으로 정해 놓고 사용하듯이 주역은 존재하는 모든 것의 이치를 하나의 원리로 나타낸 학문입니다.

그것은 하늘과 땅이 만물을 이루고, 만물이 사람을 살아가게 하는 것처럼 사람도 하늘과 땅을 알아 만물을 살게도 하고 죽게도 하면서 서로 순환을 이루며 발전하는 것입니다. 이러한 이유로 역학은 보다 진실한 학문이며 우리와 친근한 이론입니다.

옛 사상이라고 다 좋을 수는 없습니다. 유교의 군신은 '천지지분(天地之分)이라 존차귀언(尊且貴焉)하여 비차천언(卑且踐焉)하니'(임금과 신하는 하늘과 땅 같은 분별이다. 임금은 높고 또 귀하며 신하는 낮고 또 천하다)라는 구절처럼 자칫 국민 위에 군림하는 정치인과 문턱 높은 관공서를 합리화할 소지도 있는 것입니다.

역학에서도 예전엔 역마살이 방랑을 뜻하기도 했습니다만 요즘은 그 살이 있어야 해외에 나가 돈도 벌고 나라의 발전에 도움을 주게도 됩니다. 암탉이 울면 집안이 망한다는 말이 이젠 닭이 울어야 계란이 나오는 세상으로 바뀌었으므로 여자의 사주가 강한 것이 미덕이 되는 세상입니다. 이렇듯 역의 원리는 물 흐르듯 자연스럽게 변화하는 것이 근본입니다.

따라서 그 좋은 역학도 현대인에게 맞추는 일이 중요합니다. 농경 사회에 발전하여 이루어진 학문이 21세기를 앞둔 현실에 안 맞는 이론이 있다면 세상을 이롭게 하려는 본래의 취지대로 연구 발전시켜야지요. 역학의 전통적 해석을 답습하여 변화무쌍한 현실을 간과하는 일은 없어야 합니다. 학문이 생활에 지장을 주면 그건 이미 미신이 되는 겁니다.

역학의 이해는 삶을 즐겁게 합니다. 또한 인생을 보는 혜안을 길러 줍니다. 그렇다고 역학이 만능의 학문이라는 것은 아닙니다. 역학에도 한계가 있지요. 역학이 모든 운명을 알 수 있다고 생각하는 것은 역학의 발전을 저해하는 요인입니다. 모든 상품에 붙는 바코드는 그것을 통해서 그 물건의 제조일자와 종류와 가격 등 정보를 알 수 있지만 그 상품의 맛은 먹어보지 않고는 모릅니다. 또 맛을 본다 해도 사람마다 취향이 다르기 때문에 한마디로 단정할 수도 없습니다.

사주도 역시 바코드와 같이 그 사람의 출신과 살아갈 품세를 알 수는 있지만 그 내용물에 해당하는 고유의 마음 또는 영혼은 알 수 없기에 그 무궁한 변화를 안다는 것은 당연히 불가능합니다. 그저 올바른 길을 찾는데 도움이 되고자 역의 원리를 공부하고 물으며 참고하는 겁니다.

이 책은 필자가 평소 상담중에 자주 접하는 질문들을 꼭 필요한 이론의 출발점을 근거로 해 아주 쉽게 풀어서 설명해 놓은 것입니다.

독자 여러분이 역술가나 점집을 찾아가기 전에 이 책을 읽게 된다면 보다 많은 도움이 될 거라 믿습니다. 사주 명리학에 대한 올바른 이해로 진실하게 운명을 이해하시길 바랍니다.

－도담 이혁경

점 좋아하세요? 차 례

점 좋아하세요?

점 좋아하세요?

? 궁합에 대해 설명해 주십시오.

답 한문에서 사람 인(人)자를 보면 사람은 혼자서는 설 수 없기에 둘이 기대어 서 있습니다. 세상 만물은 음 과 양으로 이루어져 강함과 약함, 맑거나 흐리는 등 서로 상반되어 있는 것들이 서로 합하기도 하고 부딪히기도 하 면서 세상을 이루고 그러한 이치 중에 유유상종의 법칙이 있어 좋고, 싫음이 각 개체별로 복잡하게 이루어져 있습니다.

따라서 음식과 직업, 사람에도 궁합이 만들어질 수밖에 없으 며 결혼을 앞둔 남녀나 동업자끼리 또는 직장의 상사나 동료 등 친구 사이에도 괜히 좋고, 싫음의 구분이 생깁니다.

한 여성이 찾아와서는 "남편이 예전과 달리 말도 없고 툭하면 짜증만 내는데, 성격이 맞지 않아 못 살겠어요"라고 불평합니 다. 또 남자는 "무슨 여자가 애교도 없고…… 예전엔 술 먹는 것 도 담배 피는 모습도 모두 멋있다고 하고선 이젠 잔소리밖에 할 줄 몰라"라고 불만을 가지는데 이것은 사람이 변한 게 아닙니다. 그저 가정이라는 틀에서 세월이 좀 흘렀을 뿐이지요.

이렇듯 사람은 좋게도, 또는 나쁘게도 변화하면서 관계를 유지하며 살아가는데 이는 흔히 우리가 말하는 인연이며 궁합에 따른 것입니다.

결혼으로 한 가정이 이루어지고 그 부부의 숙명의 끈이 자식임은 자연스런 이치입니다. 그래서 궁합은 결혼 관계를 주로 다루게 되는 겁니다.

결혼 생활에서 빼놓을 수 없는 것이 또한 물질이기에 돈 복이 없는 사람끼리 결혼하는 것보다는 한 쪽이라도 돈 복이 있는 사람이면 좋을 것입니다.

일반적으로 상식 선에서의 궁합으로는 현실적인 잣대가 많이 적용됩니다. 예를 들면 집안은 뼈대가 있어야 한다, 아버지가 바람을 피우면 아들 중에 바람나는 사람이 있다, 형제가 화목해야 부부도 잘 살 수 있다는 등 오랜 경험에서 나온 말들이 어느 정도 신빙성을 더합니다.

열길 물 속은 알아도 한길 사람 속은 모르는 법인데 어떻게 상대를 알고 배우자를 택하겠습니까?

그 원리는 은행나무도 암수가 짝이 있어야 은행이 열리고, 논에는 배추를 심지 않는 것과 마찬가지입니다. 즉, 짝을 이루는 것은 상대적 필요성입니다. 아쉬운 것이 있어야 사람을 찾는 인간의 속성이라 해도 좋고 추위가 닥쳐오면 잎을 없애야 살 수 있는 나무같이 자연의 섭리라 해도 좋습니다.

사막과 같은 사주에는 물과 그늘이 절실하지 반짝이는 다이아몬드가 필요한 것은 아닙니다. 쉽게 설명하면 오행(五行) 또는 오기(五氣)라 하는 것이 잘 조화를 이루어야 좋은데 각각 조금씩 또는 많이 부족한 것이 있으니 그 부족한 것을 채워주는 기운을 가진 사람이 필요한 것입니다. 그러한 기운을 찾아 배우자를 만난다면 늘 나무가 햇볕을 갈구하듯이 변함없이 잘해 주고 고마워하며 서로 살게 됩니다.

이러한 기운이 한쪽의 일방통행일 때 짝사랑이 되는 것이고, 이와 같이 서로 충족이 되는 궁합이라면 부부가 되어 아무리 세상이 살기 힘들어도 서로 감싸주며 잘 살 수 있다고 봅니다. 이런 원리로 모인 사람을 '유유상종한다'고 합니다. 배고픈 사람은 식당에 모이게 마련이고 소변이 마려운 사람은 화장실로 모입니다. 따라서 비슷한 것을 추구하는 사람들이 같은 업종에 종사하고 있습니다. 직업도 궁합이 맞아야 지탱하는 것입니다.

한 부부가 찾아와 묻기를 "우린 물과 나무의 관계라 무조건 잘 산다고 했는데 왜 이렇게 허구한 날 싸우고 있습니까? 우린 이혼하는 게 낫겠지요?"라고 합니다. 이는 상대적 원리에 의해, 즉 남을 먼저 배려하지 않는 습성 때문에 생긴 불화일 것이지요.

나무는 받아서 좋지만 물은 한없이 주기만 할 수는 없지 않습니까! 또한 겨울의 나무는 물보다는 따뜻한 햇볕을 더 반기게 되지요. 봄을 기다리면서 말입니다.

이렇듯 간혹 궁합이 좋다면서 결혼을 권장한 역술가를 원망하며 찾아오는 사람들이 있습니다.

사실 역학에서 가장 힘든 것이 궁합입니다. 이는 사주를 감정하는 이의 인격이 올바로 되어 있어야 하며 무엇보다 두 사람 사이의 애정이라는 변수, 즉 마음의 갈등이 작용하기 때문입니다.

예를 들어 돈에 한이 맺힌 사람은 남자가 돈을 잘 벌면 가장 좋은 신랑감으로 여깁니다. 상담자가 부자 사윗감이라고 결혼을 결정한 뒤 택일하러 와서 물어보는데 역술가가 구태여 궁합이 안 맞는다고 죽기 살기로 말린다면 듣겠습니까!

이때 역술가는 몇 가지 주의점을 말하게 됩니다. 하지만 대부분의 상담자는 궁합 문제로 결혼을 반대할 경우, 기분만 나쁘다고 투덜대면서 나중에 위자료라도 많이 받으니 별 걱정 없다는 투로 자기 주장을 굽히지 않습니다. 하기야 돈 없으면 귀신도 저승 가기 힘든 세상이라 이해 못할 것도 없습니다.

그 다음으로 역술가에게 중요한 것은 이론보다는 마음을 잘 읽을 수 있는 평상심을 지녀야 한다는 것입니다. 그 평상심은 특별한 도통에서보다는 스스로 가정에 충실하고 건전한 생활을 하는 사람만이 볼 수 있는 분야지요.

자신은 바람을 피우면서 다른 사람의 궁합을 본다는 것은 문제가 있습니다. 신랑, 신부가 어느 정도 가정에 책임감이 있고 마음의 뿌리가 확고하여 외부 즉, 타인의 영향을 벗어날 수 있을까 하는 것을 역술가는 올바른 마음으로 제대로 읽어내야 하는 것이죠.

물론 여기에는 가정의 교육이 지대한 몫을 합니다. 사주에서는 조상의 기운을 말하는 것이지요. 물질은 풍족하지 않아도 열심히 살아온 부모를 둔 자녀가 이혼하거나 바람을 피우는 경우는 극히 적습니다. 뿌린 대로 거두지요. 그리고 아름다운 사랑의 감정이 사주 외에 첨부되어 있음을 알아야 합니다. 어떤 업과 인연으로 만났는지는 몰라도 두 사람만이 알 수 있는 교감의 마음이 존재하기 때문입니다. 이런 것을 발견하게 되면 궁합이 안 맞아도 잘 살 수 있다고 확신합니다.

끝으로 두 사람이 결혼하려는 목적에 욕심이 앞서 있지는 않은가를 봐야 합니다. 너무 현실적인 조건을 앞세운 결혼은 쉽게 무너집니다. 왜냐하면 아무리 맛있는 것도 오래 먹으면 질리고 예쁜 보석도 시간이 지나면 싫증이 나기 때문이지요.

이런 결혼은 경고를 아끼지 말아야 합니다. 돈이란 남자가 운이 없어 못 벌면 여자가 벌듯이 지난날의 남녀유별이나 차별이 없어진 세상입니다.

상담을 통해 볼 때 남자가 돈을 못 번다는 이유만으로 이혼하려는 여자는 하나도 없습니다. 다만 서로를 타인의 능력과 비교하여 무시할 때, 사랑은 금이 갑니다. 잘나고 못난 사람이 섞여 사는 게 세상이지만 그것이 좋은 사람과 나쁜 사람의 구분이 아니고 보면 역시 궁합은 사랑을 잘 봐야 합니다.

동물과 마찬가지로 부부에 있어 사랑의 행위 역시 모든 즐거움의 근본이라고 할 수 있습니다. 그 외에 까다롭기는 하지만 건강하게 오래 살 것인지 가족간의 관계는 좋을 것인지를 살펴야 하고 또한 자식 복도 알아봅니다.

사실 궁합의 목적과 뜻은 좋으나, 얼마나 정확히 이처럼 복잡한 사람의 일과 관계를 미리 볼 수 있는가에 의문을 제기하지 않을 수 없습니다. 그 한 예로 같은 사람의 궁합이 감정하는 역술가마다 틀리는 경우가 있는데 때에 따라서는 전혀 다른 해석을 받아 오는 분들도 있어 딱한 경우도 있습니다.

그러나 대부분 정상적인 역술인들의 견해는 다소 차이는 있으나 큰 골격은 같음을 알 수 있습니다. 이는 공부의 차이와 견해 차이가 있는 것으로, 똑같은 선생님에게 배우는 학생들도 학급 석차가 있는데 이렇게 난해한 역학 공부는 그 우열이 많을 듯싶습니다. 이것의 개선 방법은 감정인들의 양심과 일반 학문보다

천시하는 사회 분위기의 개선에 있다고 봅니다.

좀 더 팔자 얘기를 해봅시다. 현재 결혼해 사는 사람들도 궁합을 물어 옵니다. 하지만 배우자의 외도나 무능력, 또는 성격 차이가 많아 이혼을 생각하는 사람들은 좀더 신중해야 한다고 봅니다. 이유는 태어날 때 이미 어느 정도 배우자 운이 정해져 있으므로 부부의 풍파를 상대방의 잘못이라고 하는 것은 옳지 않습니다. 왜냐하면 부부란 각별한 인연이기 때문입니다.

두 번 결혼할 팔자가 주위의 반대도 무릅쓰고 짝을 맺은 뒤 쉽게 이혼하여 후회하는 경우가 있는가 하면 부모님의 정성어린 기도나 교육으로 결혼 생활의 위기 때마다 잘 넘겨 혹 별거는 할지언정 나중에는 잘 살 수도 있기 때문입니다.

둥근 그릇은 둥근 뚜껑이 안성맞춤이고, 네모에는 네모 난 뚜껑이 맞게 되어 있습니다. 붓 뚜껑을 연필에 끼우는 사람은 없지요. 따라서 배우자 운이 좋은 사람끼리, 또는 나쁜 사람끼리 만나는 것이 비일비재하여 서로를 탓하지 말고 맞춰가며 사는 게 현명하지, 그렇지 않으면 자식에게도 죄를 짓고 평생 후회하는 경우가 많습니다.

조강지처 버리고 잘 되는 사람 없다는 말도 있듯이 가정을 버리고 나가 보면 대개가 외롭고 구차해 보이는 것입니다. 그밖에도 너무 까다롭게 고르기에 짝을 찾지 못하는 팔자나 너무 쉽게 이 사람 저 사람 정을 주고 싫증을 빨리 내는 팔자는 꼭 확실한 생각을 바탕으로 궁합을 보고 보다 행복한 결혼을 이루길 바랍니다.

홀아비 살과 과부 살이 낀 부부가 찾아 왔습니다. 헤어지는 것이 낫겠다고 생각하고 마지막으로 왜 이런 일이 일어났는지 알고 싶다는 겁니다.

그들은 궁합상으로 상충이었으며 각자의 사주에도 원진살(元嗔煞)이 끼여 있었습니다. 결혼 전에 궁합을 봤다면 거의 대부분의 철학관에서 결혼을 반대할 사주였습니다.

두 사람 모두 원체 사주에 배우자 운이 나쁘기 때문에 어떠한 사람을 만나도 해로할 수 없는 사주였습니다. 두 번 결혼할 사람들이 만난 것이고, 그러다 보니 이런 일이 생겼지요. 만약 헤어지고 다른 사람을 각자 만났을 때 더 좋아진다는 보장만 있다면 언제든지 헤어져도 좋으나 그러한 일은 거의 불가능합니다. 안에서 새는 쪽박 밖에서도 새고 한번 틀어진 인연 두세 번도 틀어지기 때문입니다.

다시 두 사람의 사주를 보니 속 궁합만은 합이 되어 잘 맞아 겉으로는 밥먹듯이 다투어도 한 이불 덮고 자는 정은 남다른 면이 있었습니다. 거기에 자식에 해당하는 오행(기운)이 모두 사주상 용신이라 서로 자식을 포기하지 않으려 하니 법원 앞에 매일 간다 해도 절대로 헤어질 수가 없다는 결론이 납니다.

하여 그 주부더러 시어머니와 남편의 배려 하에 취미 삼아 조그마한 가게를 하든지 종교를 통해 봉사 활동을 하면 부부 사이가 아주 좋아질 것이라고 장담하며 가르쳐 주었습니다.

배우자 운이 나쁜 사람일수록 상대에 대한 집착이 유난히 많고 간혹 심하면 의처증이나 의부증으로 발전하기도 하는데 자신의 일이 있으면 자연히 상대를 이해하는 겁니다. 대개 부부는 아무리 팔자나 궁합이 나쁘다 하여도 그 순간의 위기만 넘기면 잘 살게 마련입니다.

띠 궁합을 묻는 상담자가 많은데 이는 사주 팔자 중 태어난 해 한 가지에 해당하여 8분의 1의 작용이 있으므로 그리 중요하지 않습니다.

다만 원진살 띠가 있는데 전혀 상관없는 사주도 있지만 대개가 20~30퍼센트 정도 작용이 있다는 것을 여러 상담자의 실증을 통해 알 수 있습니다.

예를 들면 소와 말띠, 호랑이와 닭띠, 용띠와 돼지띠, 토끼띠와 원숭이띠, 뱀띠와 개띠입니다. 이 원진살은 배우자 외의 친구나 동료 등과는 아무런 관계가 없습니다.

이혼율이 높아만 가는 시대이니만큼 인류지대사인 결혼에는 보다 신중하여야겠습니다. 꼭 결혼할 사이라도 미리 서로 이해하지 못하는 부분에 대해 설명을 듣고 결혼 생활 도중 서로 참고하여 피해 가야 할 일들을 아는 것은 어느 주례사보다 유익한 말이 되겠고 건강 진단서만큼 중요하다고 봅니다.

그것은 나 자신의 잘못을 먼저 안다면 상대방을 이해하며 살 수 있기 때문입니다. 자기가 이혼하여 혼자 살 팔자인 것을 알아서 상대방에게 불만족한 일이 있어도 자신에게서 비롯된 문제임을 인정한다면 파국으로는 되지 않습니다.

주위 사람들에게도 궁합을 맞추려 노력하는 자세는 아주 좋은 삶의 방식이라 할 수 있습니다. 즉 장점과 단점을 잘 파악하여 서로 배려하여 사귀어 간다면 보다 나은 인간 관계가 될 것이라 믿습니다.

속 궁합, 겉 궁합은 무엇입니까?

 통례적으로 겉 궁합은 조상의 관계 또는 집안끼리의 관계, 사회적인 성향의 정도 차이 등이며, 속 궁합은 부부 성생활이나 성격을 얘기하는 것입니다.

보통 태어난 해를 겉 궁합으로 보고 태어난 날을 속 궁합으로 보나 당 사주에서는 태어난 해만을 따집니다.

여하튼 거의 비슷한 방법으로 겉 궁합이니 속 궁합이니 하게 되는데 감정에서 얻어진 것은 그 학문적 정확도가 상당히 떨어진다는 것을 알 수 있습니다. 이유는 그 집안의 내력 즉, 유전적인 것에 더 깊이 근거를 가지기 때문인 것 같습니다. 기르는 개도 진돗개와 발바리는 성질이 다릅니다. 집안 특유의 그 무엇이 작용하는 것이죠. 흔히 말하는 가풍이라는 것입니다.

따라서 겉 궁합, 속 궁합 등의 구별은 그 의미가 많이 퇴색되었으므로 따질 필요가 없다고 봅니다. 가장 확실한 궁합은 사주 전체의 기운을 보는 것입니다.

20

바람 피우는 팔자가 따로 있습니까?

답 보통 도화살이라 하는데 팔자 중 그 살이 여자에 해당하는 글자(오행의 생극관계)가 남자에게 있거나 여자에게 해당하는 도화살의 글자가 남자에 속하게 되면 특별한 사유가 없는 한 바람을 피우게 됩니다.

그러나 요즘은 그 외에도 부부가 잘 싸우게 되거나 외롭게 되는 살만 있어도 외도하는 사람들이 많습니다. 러브 호텔이 늘어만 가는 이유가 여기에 있습니다. 핵가족화와 수시로 급변하는 경쟁 사회에서 갈등을 느끼는 사람들이 혹시나 외로움에 위안을 받을까 하여 뻔한 인연에 쉽게 정을 주고 있습니다.

이제는 특별한 팔자에 관계 없이 누구나 바람 피울 수 있는 유혹의 시대가 되었습니다. 각자 무엇이 진정 진실한 사랑인지 깊게 생각해 봐야 하겠습니다. 부부 운세가 나쁜 사람들일수록 유혹을 인내하여 자손에게 그 업을 물려주지 말아야 합니다.

어떤 중년 부인이 있었습니다. 참새가 방앗간을 그냥 지나칠 수 없는 것처럼 그녀 역시 카바레라고 하는 방앗간을 그냥 지나치지 않았지요. 특별히 남자가 좋아서라기 보다는 여자들끼리 만나봐야 이러쿵저러쿵 말들이 많고 소문도 싫고, 그래서 슬그머니 거길 한번씩 갔다오면 스트레스도 풀리고 모르는 사람과 잠시 잡담도 하니 본인은 매우 괜찮은 방법이라고 생각하는 것 같았습니다.

그러나 문제는 그녀가 유부녀인 데다 정에 약하고 귀가 여려서 가끔 말썽이 생긴다는 사실입니다. 필자는 그때마다 상담을 하며 권하기를, 아무리 재미있게 놀았다 해도 집에 돌아올 때는 뒤도 돌아보지 말고 오라고 합니다.

그래도 그녀는 남자들이 다 자기 마음 같은 줄 알고 애틋한 정에 남 모를 눈물을 흘리곤 합니다. 그리고 아이들과 착한 남편에 대한 죄책감으로 괴로워하면서도 딱 한번만 하고 그만둘 것이라며 또 찾아갑니다. 오죽하면 자신을 이겨보기 위해 무속인이나 철학관을 찾으며 굿이다 부적이다 동원해 보지 않은 것이 있었겠습니까.

정을 받아 보지 못한 사람이기 때문에 남편이 잘 감싸주고 사랑을 표현해 준다면 하루아침에 나을 병입니다. 남자도 바람을 피우는 사람들은 대개가 가족의 사랑을 못 받고 살아온 경우가 많다는 것을 알 수 있습니다. 상대방의 바람은 모두 자기 탓입니다.

답 사람은 늘 필요한 것을 찾겠다는 마음에서 행동이 나오고 그러한 움직임이 모여 생활이 됩니다. 사주의 오행을 살펴보면 환자가 약을 찾듯이 간절히 구해야 되는 기운이 있는데 그 찾고자 하는 기운을 가진 사람과 사랑하게 됩니다.

그런데 세 사람이 하는 가위, 바위, 보의 원리 같이 어느 한쪽만 좋을 수가 있으니 그것이 불행의 씨앗입니다. 예를 들어 한 남자가 오행 중 목(木)의 기운을 용신(用神, 필요로 하는 기운)으로 하여 목기가 많은 사주의 여자를 좋아하는데, 그 여자는 목기가 강하여 그 기운을 조절해 줄 금이나 화를 사주에 충분히 가진 남자를 찾고 있다면 이때 그 남자의 사랑은 짝사랑이 될 수밖에 없겠지요.

만약 남자가 너무 간절하게 구혼을 해와 여자가 결혼을 허락했다면 상당한 노력 없이는 행복할 수 없습니다. 그래서 자신의 사주가 그런 대로 부족함이 없고 큰 흠이 없어야 어느 편에 치우치지 않고 배우자를 고를 수 있고 또 잘 살아갈 수 있습니다.

주변을 봐도 모나지 않고 원만한 사람이 있습니다. 그 반대로 사주에 기운이 한쪽으로 몰려 있으면 상대를 만나기가 힘들어 배우자 운이 나쁠 수 있으므로 아주 신중히 고르기를 권합니다.

또 사주팔자 중에 남자가 음기가 너무 많거나 여자가 양기가 너무 많아도 주의를 해야 합니다. 이는 남자는 여성화가 되고 여자는 남성기질이 되어 마찰이 다른 부부보다 많이 생깁니다.

배우자 운이 나쁘면 대개 늦게 결혼하라는 말을 많이 합니다. 그 이유는 노처녀 노총각이 되면 그만큼 강한 운세를 비켜난 후일 것이고 나이상으로도 철이 들어 감정으로 처리하는 잘못을 저지르지 않기 때문입니다. 그 말뜻을 잘 새겨 들어 참고하시기 바랍니다.

? **부부가 살이 끼면 힘들게 산다는데**
                    살풀이라도 해야 합니까?

답 사람은 모두 상대적입니다. 아무리 나쁜 도둑이라
하더라도 자기가 좋아하고 재물을 나누어주는 사람
은 있습니다. 괜히 싫은 사람과 나쁜 사람도 있게 되
는데 부부가 싫어하는 관계가 되면 곤란하지요.

보통 부부 관계의 살은 원진살을 중요시하는데 이유 없이 미
워서 결론 또한 나질 않습니다. 그렇다고 헤어져서도 안 되겠지
요. 하지만 특별한 살풀이가 있는 것으로 알고 계시는 것은 잘못
입니다.

일시적인 현상으로는 굿이나 부적이 적용됩니다만 근본적인
해결 방안은 아닙니다. 살이라는 것이 그 사람의 성격 차이라고
봐야 하는데 그 심성 중에 상대에게 바라는 기대를 반 정도만 버
리겠다고 생각하면 봄바람에 눈 녹듯이 미워하는 마음이 없어질
것입니다.

그 실행이 무척 어렵다는 것을 인정하지만 부부의 인연이라는

25

것은 많은 부부의 사주를 비교할 때에 공통적으로 나타나는 점이 있습니다.

다시 말하면 이미 부부가 되기로 정해졌기에 보통 살아가는 일의 운도 일치점이 많아 우연히 맺어진 것 같아도, 다른 사람과는 달리 사주 운의 흐름이 자로 재듯 같아서 필연적으로 만난 것임을 알 수 있습니다. 특히 자식을 낳게 되고 그 자손이 자신들과 닮은 것이 신기하기도 할 것입니다. 인연을 위해 사소한 일쯤은 인내해야 한다고 봅니다.

꼭 백년은 못 채워도 사는 만큼은 가장 의지하는 사이가 되도록 노력하시기 바랍니다. 정 힘들 때에는 잠시 떨어져 지내는 것도 차선의 방법입니다.

악연도 인연입니까?

답 그렇습니다. 부모 자식간에 혹은 부부간이나 친구 사이에 서로 피해를 주는 경우가 있는데 천륜으로 맺어진 것과 같이 싫어도 떨어질래야 떨어질 수 없는 인연을 악연이라고 하지요.

그런데 악연이라고 하는 관계에는 큰 공통점이 있는데 절대로 서로를 미워하지는 않는다는 겁니다. 말로는 금방 죽일 것같이 말하더라도 그 마음속에는 측은하고 안타까워하는 마음이 숨어 있습니다. 따라서 악연도 어쩔 수 없는 관계로 인연이 됩니다.

악연이 있다고 생각되는 분들은 그 악연으로 해서 자신이 무엇을 얻었는가를 생각해 보십시오. 틀림없이 얻은 것이 있을 겁니다. 소크라테스는 악처 덕분에 유명한 철학자가 되었는지도 모릅니다.

시간 약속을 지키지 않은 형 때문에 비행기를 놓쳤다며 형을 욕하고 있는데 그 비행기가 추락하였다면 우린 그 동생을 전화

위복이니 구사일생이니 하고 다행스러워합니다.

최근의 한 예를 들어 볼까요.

어떤 상담자의 경우를 들어보겠습니다. 중년의 남자가 자신에게 은혜를 많이 입은 친구가 자신이 집 사려고 돈을 빌리는데 보증을 해주지 않아 결국 집을 살 수 없었다고 불평을 해댔습니다. 필자는 그 상담자에게 지금은 집 살 운도 아니고 하니 그 사람을 탓할 수 없다고 하였습니다.

그런데 며칠 후 그 사람이 다시 왔습니다. 그는 경기불황으로 집값이 폭락하여 안 사길 잘했다고 다행스러워했지요. 친구 덕에 큰 손재를 막은 것이니 인간사 모두 새옹지마일 따름이지요.

악연도 귀인이 될 수 있는 법, 인연을 탓하지 마십시오. 인생에는 도움을 주는 사람이 있으면 손해를 입히는 사람도 반드시 있게 마련입니다.

이름을 잘 지어야 하는 이유는 무엇입니까?

이름 없이 존재하는 사물은 이 세상에 없습니다. 모든 사물에는 특성을 나타내는 이름이 있어 모두 그것의 존재를 확인하게 됩니다.

그 중에서 사람의 이름이 운명에 영향을 끼치는지에 대한 의문이 많습니다. 결론부터 말하자면 개인의 차이는 있지만 이름은 운명에 분명히 영향을 줍니다.

예를 들어 이름을 사람의 옷에 비유할 수 있는데 인기 연예인이 누더기를 걸치고 거리를 지나간다면 그를 거지로 보는 사람은 없습니다.

그러나 보통 사람은 입고 있는 옷에 따라 그 사람의 인상이 결정됩니다. 다시 말해 사주가 아주 좋은 사람은 이름에 간혹 하자가 있다고 해도 별 영향을 받지 않습니다.

그러나 보통 사람은 그 영향이 적지 않아 무시해 버릴 수 없습니다. 그래서 같은 이름을 가진 사람이 둘이 있다고 해도 사주가 차이가 나기 때문에 같은 모습으로 살지는 않는 것입니다. 같은 치수의 옷도 한 사람에게는 작고 또 다른 한 사람에게는 클 수 있는 것과 마찬가지지요. 사주는 여름인데 겨울 외투를 입힌다면 너무나 더워 활동에 제약을 받습니다.

생각해 보면 평생 자신이 입고 다니는 이름 즉, 자신을 독립된 한 개체로 결정짓는 이름에 소홀할 수 없습니다. 그것이 운명에도 영향을 미친다면 더욱 신경을 써야 할 일입니다.

좀더 구체적으로 설명해 보면 먼저 사람은 언어에 대한 선입견과 사물에 대한 각기 다른 의식을 가지고 있습니다. 밤이란 말을 듣고 어둠을 생각하는 사람이 있는가 하면 추석 때 밤 따던 기억을 떠올리는 이들도 있습니다. 또한 빨강이란 말을 듣고 장미를 떠올리는 사람과 신호등을 생각하는 사람 등 서로 생각의 차이가 있습니다.

따라서 이름이 좋고 나쁨을 이론적으로 따지기 전에 이름을 듣는 사람이 무의식중에 좋은 생각을 할 수도 있고 나쁜 생각을 할 수 있다는 사실을 간과해서는 안 됩니다.

이때 좋게 생각하는 사람보다 나쁜 쪽으로 생각하는 사람이 많으면 그런 이름을 가진 당사자는 좋은 일이 없습니다. 나쁜 상념의 기운이 순간적으로 전달될 수 있기 때문입니다.

특히 한글 이름은 쉽게 구분 지을 수 있는데 새롬이란 이름이 있다면 대부분의 사람들은 항시 활기차고 새롭게 변하는 즐거움을 생각합니다. 그러나 이슬이라는 이름이 있다면 맑은 아침을 연상하는 사람도 있지만 금세 말라 버리는 눈물 같다거나 왠지 쓸쓸함을 생각하는 이들도 많이 있습니다.

'예쁜 아이, 귀여운 아이'라고 불리며 자란 아이와 말썽쟁이라고 늘 꾸지람을 들은 아이의 성장이 어떠하리라는 것은 교육적인 면에서 잘 알려져 있습니다.

따라서 한글 이름은 자연의 순리를 생각하면 짓기 쉽고 부르기 좋은 것입니다. 다만 그 생각하는 것이 주관적이지 않아야 합니다. 하늘은 늘 푸를 수만은 없습니다. 밤이 없다면 곡식도 인간도 살 수 없을 것입니다. 또 '빛남' 이란 이름도 따지고 보면 이 세상에는 빛이 없으면 안 되지만 태양이 계속 빛나거나 하면 안 되고 별처럼 초롱초롱 빛나는 것도 너무 거리감이 있어 좋지 않습니다. 또한 무엇이 빛나야 하는지 좋은 사람으로인지 나쁜 사람인지 등의 목적이나 기대가 이름에 주어져야 좋겠습니다.

이름을 지어주는 부모의 마음은 한결같이 참되고 씩씩하게 자라며 사회에 나아가서는 훌륭하게 살기를 바라는 게 공통된 바람입니다. 그 뜻을 이름에 심어주는 것이 최상의 이름입니다. 부자가 되라는 뜻으로 '富'를, 효도하라고 '孝'를, 순종하며 살라는 뜻의 '順', 그리고 은혜를 알고 갚으라는 '恩' 등이 흔히 쓰일 때가 있었습니다.

이렇듯이 어렵지 않게 부모님들의 생각을 잘 정리하여 지어줄 수 있지요. 하지만 여기서 유의할 점은 한자는 상형문자에서 회의, 가차, 전주 등 총 6가지 종류가 있으니 처음 일(日), 월(月), 산(山)과 같이 모양을 보고 만들어 발전하다 보니 본래의 의미를 잘 살펴야 한다는 것입니다. 즉 일, 월, 산이 시 구절이나 그림에 자주 나오는 것과 같이 예술가나 도인의 호나 이름에는 좋겠으나 일반인들은 산처럼 굴곡이 많겠습니다. 해와 달처럼 수시로 변화가 있을 것이고 무엇보다 달은 차면 기울고 초승달이 보름달로 변화하는 등 시적이고 철학적인 면이 더 많습니다.

또 한 예로 웃음 '소(笑)'라 하여 좋은 뜻인 줄 알고 여자 이름에 쓰는데 이것은 아주 위험한 일로 그 글자 속에는 일찍 죽을 '요(夭)'자가 들어 있음을 모르기 때문입니다.

이렇게 모르고, 또는 쉽게 뜻만 보고 위험한 글자를 이름에 쓰는 사람들이 꽤 있는데 이런 분들은 운명에 좋지 않은 영향을 주므로 꼭 개명해야 한다고 봅니다.

지금까지의 서술에서 강조했듯이 한문이든, 한글 이름이든 자신을 이 세상의 단 한사람으로 나타낼 수 있는 뜻이 담긴 이름으로 밝게 살 수 있었으면 합니다.

김기석이라는 사십대 남자가 찾아왔습니다.

'錫'자를 보면 쇠금 변과 쉬울 이(易)자가 있고 터 기(基)자가 있으니 쇠를 쉽게 다루어 터를 세우는 사람이라는 뜻으로 건축현장에서 철골 일을 하는 것을 알 수 있었습니다. 또한 획수 중에 金자와 基자를 합하면 19수이므로 자수성가를 해야 하며 몹시 외롭고 인덕이 없어 시름이 많음을 알 수 있습니다. 그분도 그것을 인정하고 사주와 함께 운을 감정했습니다.

또 손찬호(孫讚鎬)라는 분이 이름 감정을 부탁하였습니다. 讚자를 보면 言자가 있어 말을 해야 하고 先자는 선생님 할 때 쓰는 글자이고 貝자는 조개를 나타내니 예전의 화폐와 같아 선생님으로 돈을 벌었는데 鎬자에 金자가 있어 기술 선생님입니다. 그러나 先자가 두 개라 '그만 두었다가 다시 시작할 때 돈도 모으며 자손도 잘 됩니다' 하고 감정을 해주었습니다. 그 사람은 교직을 그만두고 현재 전자업을 하는 경우인데 그 일을 정리하고 교사의 길로 가겠다고 했습니다.

32

이름 짓는 원리를 간략하게 설명해 주십시오.

답 한자나 한글을 여러 번 되뇌어 보면 본래 뜻은 좋으나 발음상 부르다 보면 나쁘게 되는 경우가 있으므로 잘 살펴봐야 합니다. 이름을 부르거나 들을 때 한문의 뜻까지 말하지는 않아 발음으로 인한 오해가 생기기 때문입니다.

기국(基國)이라 하여 나라의 기틀이 되어라 했다면 좋은 뜻임에는 틀림이 없습니다만 기국이라 부르다 보면 기구한 운명의 기구가 떠오르기도 하고 성이 김씨면 김치국이라는 별명으로 불릴 수도 있습니다. 변씨라면 변기구로 불리기도 쉽겠지요.

다음으로 획수를 따지게 되는데 이름에 관심이 있는 분들은 작명책에 나와 있는 획수 맞추는 법을 알고 있으리라 생각합니다. 그럼 이름을 부를 때 전혀 염두에 두지 않는 획수가 과연 운명에 어떤 영향을 미치는지를 의심하지 않을 수 없습니다.

수(數)란 법(法)에 해당하는 유형량적(有形量的) 진리로써 사물의 질량과 변화의 운도(運度)를 헤아립니다.

역학에서는 갑(甲), 을(乙), 병(丙), 정(丁), 무(戊), 기(己), 경(庚), 신(辛), 임(壬), 계(癸)의 순서대로 1부터 10까지의 수인 가수(價數)가 있고 갑(甲)은 3이고 을(乙)은 8이라는 식의 연수(衍數)가 있습니다. 갑과 을은 목(木)의 기운이므로 3과 8도 목의 기운입니다. 그러므로 사주상 필요한 획수는 필요한 오행과도 일치합니다. 그러므로 숫자가 가지는 기운을 전혀 무시할 수는 없습니다.

또 음에는 오음계인 궁(宮), 상(商), 각(角), 치(齒), 우(羽)가 있는데 궁음은 토(土)의 소리이고, 상음은 수(水), 각음은 목(木), 치음은 금(金), 우음은 화(火) 등 오행과 결부시켜서 이 관계를 음 오행(音 五行)이라 합니다. 음 오행을 맞추면 발음이 부드러워지는 특징이 있습니다. 음 오행은 금생수(金生水), 수생목(水生木), 목생화(木生火) 등과 같이 상생(相生)의 원리로 지으면 됩니다.

이러한 조건들을 최대한 맞추는 것이 작명인데 사람마다 좋아하고 싫어하는 숫자가 있듯이 획수나 음 오행도 사주와 연관지어 잘 살펴야 합니다. 그리고 무엇보다 글자의 선택에 큰 비중을 두어야 합니다.

필자의 오랜 경험으로 볼 때 글자가 잘못된 사람은 틀림없이 좋지 않은 데 비해 획수는 나빠도 잘 풀리는 사람이 의외로 있다는 것을 알 수 있습니다.

그렇다고 해서 일반인들이 작명책만 보고 이름 짓는 것은 매우 위험하다고 봅니다. 사주를 정확히 분석할 수 없기 때문이지요. 몸 치수도 잴 줄 모르고 옷 만드는 법만 배우게 되는 것과 같으니 그럴 바엔 차라리 유명한 사람들의 이름으로 짓는 게 낫다고 봅니다.

그리고 무엇보다도 주의할 점은 이름의 뜻이 원대하고 크다고 해서 무조건 좋은 것은 아니라는 것입니다.

사람의 팔자가 이름을 쫓아가지 못하면 허영만 찾는 무심한 사람이 됩니다. 귀한 것일수록 아무렇게나 부르던 조상들의 지혜를 떠올리게 하죠. 상호도 마찬가지입니다. 자신의 기업 이념을 잘 담고 그리고 역학의 이론적인 것을 첨부하면 됩니다.

세계화에 발맞춰 개인이나 기업도 외국인이 발음하기 쉽게 이름을 짓고 있습니다. 그렇다고 성(姓)만 두고 완전히 서양식으로 호적에 올리는 것만은 삼갔으면 합니다. 컴퓨터 세대들이 아이를 낳으면 PC통신에 쓰이는 아이 디 같이 이름을 지을까 걱정됩니다.

사람은 죽어서 이름을 남기는데 이름을 세상 어느 것보다도 귀하게 짓고 재물보다 아끼고 자신의 이름 뜻에 맞게 책임을 다한다면 보다 나은 세상이 되지 않을까요.

보통 15세 미만은 1년 이내로 효과를 보고 20세 이후는 2년에서 3년부터 새로운 이름의 운기를 받는다고 봅니다. 그만큼 묵은 때를 씻어 내는 데 시간이 걸린다는 거지요.

필자의 경험으로는 본인의 믿음과 노력에 따라 즉시 효과를 보는 사례도 있습니다. 아는 사람이 자신의 뒤편에서 옛 이름으로 불러도 반응이 없을 정도로 새 이름에 바로 적응한다면 말입니다.

그리고 개명한 사람의 주위 사람들도 협조를 해 주어야 합니다. 개명의 참뜻을 헤아리지 못하고 옛 이름만을 고집하여 부를 때 당사자도 새 이름에 시들해지는 경우를 많이 볼 수 있습니다. 새 이름의 운기를 효과적으로 받으려면 본인뿐 아니라 주위의 배려도 있어야 한다고 말할 수 있습니다.

이옥향(李玉香)이라는 분이 개명을 부탁하여 유경(有旣)이라고 새 이름을 지어 주었습니다.

옥은 잘 가지고 놀기도 하지만 쉽게 깨지고 상대방이 싫증을 잘 내는 물건이지요. 그렇듯 그 부인은 애정이 순탄치 못했고 남성들의 유혹으로 상당히 힘들어 했습니다.

이름을 바꿀 때의 나이가 35세라 효과를 보려면 1년 이상이 걸릴 것 같아 필자는 카드 크기로 이름을 쓰고 그것을 코팅하여 이름표처럼 옷 안 쪽에 달고 다니게 하고 수첩에도 넣게 했습니다. 한시도 잊지 말라는 의도였지요.

이 분은 빠르게 변해 갔습니다. 몇 달 후에 찾아 왔을 때에는 얼굴에 온화한 기운이 돌아 야한 기운이 없어지고 귀티가 났습니다. 외부의 유혹도 없어지고 남편하고 농담도 잘하고 생활 전체가 밝아졌음을 기뻐했습니다.

이렇게 이름도 환경과 같이 사람의 팔자에 많은 영향을 미친다는 사실을 알 수 있습니다.

택일이란 뭘 뜻합니까?

어린 시절 소풍가는 날은 언제나 비가 왔다든지 늘 흐렸다고 기억하는 이들이 있습니다. 그러면 대개 학교를 지을 때 땅속에 있는 큰 구렁이를 공사중에 죽이는 실수로 늘 비가 온다는 등 소문이 돌기도 합니다.

우연이 거듭되면 그것을 간혹 필연으로 생각하는 것이 우리들의 습성입니다. 누구든 혼자 사는 세상이 아니기에 무슨 일을 꾸밀 때에는 서로 약속을 하고 일을 진행하는 것이 순서입니다.

선거일을 잡을 때도 날씨에 따라 투표율의 차이가 난다고 전전긍긍하는 쪽이 생기는 것도 마찬가지입니다. 상식적으로 보더라도 결혼식날을 평일 낮에 잡는 것보다는 토, 일요일에 잡는 것이 찾아오는 하객이 더 많겠고, 부르는 쪽이나 오는 쪽이나 시간 내기가 좋습니다.

날씨를 따진다면 기상청보다 더 정확하게 말할 사람은 없습니다. 조금만 신경 써서 기상청에 전화 한 통 하면 예전처럼 비오는 날 소풍을 가게 되는 난처한 일은 없을 것입니다.

이렇듯 상식적인 방향과 과학이 일구어낸 예측력으로도 어느 정도 합당한 날을 잡을 수 있기도 합니다.

하지만 우주는 낮과 밤이 교차하고 여름과 겨울 등 계절이 순환합니다. 이것은 해와 달의 영향으로 양력과 음력으로 나뉘게 되었습니다.

만약 옛 사람들이 해와 달과는 무관하게 1년을 370일쯤으로 잡았다면 1월이 한여름이 되는 때도 있을 겁니다. 선인들의 자연의 관찰력과 예지가 신과 다름없다고 봅니다.

한겨울에 벼를 심는 사람은 없듯이 하루하루도 우주의 기운은 각각의 독립성을 가져 그 일의 성질에 따라 좋고 나쁨이 생깁니다. 사람에게도 자신의 기운과 또는 하고자 하는 일의 성격과 맞고 맞지 않는 것이 있듯이 그것의 명암이 뚜렷한 것은 자연스런 이치지요. 그러다 보니 겨울을 좋아하는 사람이 있고 싫어하는 사람도 있습니다. 낮보다는 밤을 더 좋아하는 이들도 있지요.

따라서 날을 잘 잡아 대사를 치르는 것은 매우 중요합니다. 또한 바이오 리듬을 예로 들면 개인의 신체, 감성 등을 보는 것인데 택일은 우주의 리듬을 측정하여 좀더 합리적인 방법으로 개인과 맞추는 것입니다.

주로 택일은 결혼식과 이사, 개업 등과 관련해 보는 게 일반적인데 간혹 분만 수술을 하는 산모가 묻기도 합니다.

결혼식 택일은 왜 하는지요?

대개 택일에 있어서는 악살을 피하는 것이 가장 큰 목적입니다. 과숙살(寡宿煞)이 낀 날 결혼식을 한 부부가 있다면 역의 원리는 현재 일어난 일의 진행 과정을 살펴 미래를 예측할 수 있으니, 그 앞날이 순탄치 못할 것임을 쉽게 짐작할 수 있습니다.

따라서 대체로 두 사람이 합하여 한 가정을 이루기에 합(合)되는 날을 찾는 것이 순서입니다.

간혹 올해 최대의 길일이라 하여 결혼식장이 호황을 누리는 날이 있는데 그것은 좀더 따져 봐야 합니다. 비오는 날이 우산 장사에게는 좋지만 짚신 장사에게는 나쁜 것과 같은 이치지요.

모든 날이 그 사주에 따라 다른 원칙이 있으므로 무조건 따르는 것은 상식 이하의 일입니다.

하여튼 개인의 사주에서 좋은 기운이 들어 있는 날을 택하게 됩니다. 그 원리는 앞서 얘기한 대로 우선 살을 피하고 다음으로는 그 해와 달과 일의 상관 관계에서 살이나 충(沖)보다는 합(合)을 찾아 날짜를 잡는 것입니다. 두 사람을 위해서 지지(支地)나, 천간(天干)의 합을 좋은 의미로 봅니다. 실제로 합이 되는 날에는 궁합을 묻는 상담자가 많습니다.

수영 전에 준비 운동을 안 했다고 모두 다 물속에서 잘못되는 것은 아닙니다만 좋은 것은 실천하는 게 낫겠지요. 새로운 출발에 화합할 수 있는 기운의 날을 잡는 것이 좋겠습니다.

참고적으로 결혼식 택일은 신부 측에서 하는 것이 원칙이나 요즘은 신랑 신부가 같이 와서, 또는 신랑 측에서도 택일을 합니다. 새출발 하는 날 일진이 좋으면 금상첨화겠지요.

한겨울에 중년 부인이 찾아왔습니다. 딸의 결혼식 날짜를 잡았음에도 불구하고 마음이 놓이질 않아 궁합이나 보고 싶어 왔다고 남녀의 사주를 내놓았습니다. 딸이 5년 동안 연애를 했는데, 그 중 2년은 다투고 안 만난 적도 있었던 터라 양가 부모들은 말리다 못해 결국 결혼을 허락했다는 겁니다.

사주를 보니 둘 사이에는 이미 임신이 되어 있었기에 부인에게 물으니 망설이다 사실을 인정하고, 그러니 이제 와서 어떻게 하겠느냐고 하소연을 합니다. 어쨌든간에 잘 살 수 있나를 봐달라는 거였습니다.

자세히 보니 두 사람 모두가 두 번 결혼할 팔자라, 다소 걱정스런 생각으로 결혼식 날짜를 물으니 결혼식 택일에서 가장 꺼리는 날인 데다 또 여자의 사주와 악살이 끼는 날이었습니다.

이미 예식장을 예약한 상태여서 하는 수없이 3년 후의 고비를 잘 넘길 것과 따님은 결혼 후에도 직장을 다닐 것을 권했습니다. 결혼 운이 나쁜 사람은 꼭 날짜도 나쁘게 택일하게 되는데 첫 단추를 잘못 끼우면 마지막 단추도 잘못 끼우게 되는 것이 사실입니다.

**생일 달이나 부모님 결혼 달 또는
삼재 중에는 결혼을 하면 안 됩니까?**

결혼식 택일을 하러 오는 상담자 중에는 거의 모든 이들이 이 문제를 제기하여 다른 날로 택일해 주길 원하는데 무슨 이유가 있는 것인지 필자로서는 납득이 가지 않습니다. 또 언제부터 이러한 생각들을 가지게 되었는지도 알 수 없는 것이고요. 만약 생일 달이 나쁘다면 운수상도 나빠야 하는데 의외로 그 달이 가장 좋은 달이 되는 경우도 있어 학문적으로는 큰 설득력이 없습니다.

좋은 것이든 나쁜 것이든 나누어 가지길 좋아하는 우리 민족의 습성으로 인해 계속해서 좋은 소식만 남에게 알리기 미안해서인지 아니면 차면 기우는 달과 같이 좋은 일이 겹치면 나쁜일이 곧 다가올 수 있다는 걸 우려해서인지는 알 수가 없습니다.

하여튼 못살던 시대나 지금이나 연거푸 잔치를 하는 것보다는 잊을 만할 때 새롭게 여러 사람이 모이는 날을 만드는 것이 더없이 좋겠다 싶어 그들이 원하는 대로 택일을 해주긴 합니다만 학문적으로는 별 근거가 없습니다. 그러므로 할 수 없이 겹치는 날인데도 불이익을 감수하며 다른 달을 잡을 필요는 없습니다.

그리고 삼재라 하지만 고진감래(苦盡甘來), 호사다마(好事多魔)라는 말이 있습니다. 나쁠 땐 좋은 일이 오고 좋은 일 다음에는 나쁜 일이 오므로 경계를 게을리하지 말도록 하라는 말입니다. 삼재일수록 좋은 일을 만들어야 된다고 봅니다.

삼재로 인해 결혼 사정이 간혹 좋지 않을 수는 있는데, 예를 들어 금전 운 같은 경우입니다. 하지만 이것도 크게 우려할 정도는 아닙니다.

비온 뒤에 땅이 더 단단해지는 것 아닐까요. 어려움 속에서도 사랑으로 인내할 때 사람관계는 더 아름다워지지 않겠습니까.

결혼식 날짜를 잡아놓고
다른 사람의 결혼식에 가면 안 됩니까?

답 꼭 그렇지는 않습니다. 결혼식이란 축하를 해주는 자리이므로 군이 기피할 필요는 없습니다. 다만 제사를 앞두고 같은 달에 상가나 제사 지내는 집에 갔다 와서는 자기 제사에 절을 안 하는 경우가 있지요.

이는 다른 집 조상에게 절을 했기 때문이라는 것보다는 주변에 손님 수만큼이나 많은 귀신들의 부정을 염려한 것이지요. 그래서 내 조상이 싫어할 것 같으니 절을 안하고 다른 제주(祭主)가 제사를 치르게 됩니다.

그러나 결혼식은 앞서와 달리 경사스러운 날이므로 자신의 복이 달아날까봐 걱정하는 것은 근거없는 일입니다.

전염병처럼 번져 가는 습성과 금세 정설화되어 버리는 사회통념을 우리는 경계해야 합니다. 학문적인 이유도 없이 지나치게 생활을 제약하는 것은 잘못된 습성이며 미신이라고 봅니다.

44

출산일 택일이 과연 아이의 사주에 영향을 줍니까?

자의든 타의든 수술로 아이를 출산하게 되면 출산일을 택일하여 태어나는 아이의 사주를 잘 만들어서 훌륭하게 키우고 싶은 게 운명을 믿는 모든 산모들의 바람일 것입니다.

어떤 부인이 택일하러 와서는 '애가 똑똑하고 돈 많이 벌게 해 주세요.' 또는 '애의 사주에 따라 부부 사이도 안 좋아지고 집안이 망한다고들 말하는데 해(害)가 안 되는 사주로 만들어 주세요.' 라고 여러 가지로 주문을 하곤 합니다.

그럼 이렇게 인위적으로 만든 출산 사주가 진짜 사주가 되는가 하는 의문이 자연히 생기게 되지요.

사실 출생일을 선택하는 데에는 세 가지 큰 제약이 따릅니다. 첫째는 산모의 출산 예정일의 범위가 길어야 열흘에서 십오일 정도이고 보면 연도와 월은 이미 정해진 것이고 일주(日柱)와 시(時)만 선택하면 되는데 년, 월에 이미 여러 살이 들어 있는 경우가 허다합니다.

　수술이든 자연 분만이든 부모와 자식의 인연은 이미 정해진 것이기 때문에 어느 정도 정해진 한계 내에서 가장 무난한 기운이 도는 날, 즉 살을 추스릴 수 있는 날을 잡는 것입니다.

　이때 병원이 휴일이거나 저녁 7시 이후에서 오전 8시까지는 수술 예약을 한다는 것이 거의 불가능하니 대개 낮 시간을 정해야 한다는 제약이 따릅니다.

　둘째로 산모의 일진과 부모와 아이와의 관계인데 애만 좋게 하다 보면 혹 산모의 일진이 나빠 불의의 의료 사고가 생길 수 있기 때문입니다. 또한 아이 사주가 아무리 좋아도 부모 사주와 악살이 되어 자신은 잘 살면서도 부모를 버리는 불효자가 될 수도 있기 때문입니다.

　셋째로 신의 선택입니다. 모든 일은 인간이 꾸미지만 신의 마지막 허락이 있어야만 이루어진다고 믿습니다. 왜냐하면 의외로 많은 산모들이 수술을 예약해 놓고도 갑자기 진통으로 인해 앞당겨 수술하는 경우도 있고 병원 사정으로 몇 시간씩 수술 시간이 틀려지는 일이 있어 계획했던 사주와 다르게 태어날 수밖에 없는 필연적인 경우가 있습니다.

　따라서 일단 미리 정해진 시간에 태어난 사주라도 그것이 자연 분만한 사주와 같이 진짜 사주라고 봅니다. 겉보기는 사람이 인위적으로 사주를 만드는 것 같아도 위와 같은 세 가지 이유로 그 사주가 될 수밖에 없는 필연적인 이유가 있는 겁니다.

　그래서 신생아 출산에는 모두가 깊이 기도하는 마음으로 택일하되 가장 성실하고 튼튼한 생각을 가지고 사회와 가정에 봉사하는 아이를 바랄 것이라 믿습니다.

뿌린 대로 거두는 이치가 있듯이 무언가 끌리듯이 맞추어지는 출산 택일이 있는데 나무랄 것 없이 좋은 사주가 만들어지는 때가 있으므로 자세히 보면 그 아이의 부모도 복이 많은 매우 착한 사람임을 쉽게 알 수 있습니다.

자식을 갖는다는 책임감과 신성한 생명에 대한 경외심이 훌륭한 팔자를 만든다고 봅니다. 그리고 어떻게 태어났든지 부모 자식은 천륜이라 했습니다. 사주에 앞서 사랑이 가득할 때 아이는 가장 훌륭한 팔자가 되는 겁니다.

유명한 사람의 좋은 사주를 택일했다고 마냥 안심하지 마십시오. 아이는 그냥 잘 자라고 저절로 훌륭해지는 것은 아니니까요.

답 현대는 바쁩니다. 출장도 많고 외국도 많이 나갑니다. 아무리 세상이 복잡해져도 하늘의 모습은 같습니다. 따라서 무시하기보다는 현실에 맞는 이사법이 있어야겠습니다.

직장 등의 이유로 거의가 주말을 선택할 수밖에 없고 신축 아파트 입주 등은 정해진 기간 안에 입주해야 되는데 이러한 제약 속에서도 맑은 날씨와 같이 화창한 일진에 이사하면 됩니다.

통속에 따르는 손 없는 날도 일리는 있지만 무엇보다 이사가는 당사자의 일진이 중요하겠습니다. 또한 언제 어디를 가든 나쁜 기운으로부터 보호받기 위해 신께 기도하고 하늘의 좋은 기운을 많이 받아들이는 마음 자세가 필요합니다.

즉, 농경사회에서처럼 평생 한 번 내지는 거의 이사가 없던 시대는 아니므로 현실에 맞는 대책이 필요한 것입니다. 그리고 예전부터 해오던 이사날에 팥죽이나 시루떡 등으로 액운도 막고 이웃과 나누어 먹으며 인사를 나눌 수 있는 방법을 잘 활용하는 것도 나름의 지혜입니다.

사람은 땅을 떠나서는 살 수 없습니다. 새로운 터의 기운과 잘 맞아야 건강도 이상이 없습니다. 지방마다 다르긴 합니다만 전해오는 방법 등도 집안 어른들에게 배워서 실천하십시오. 충분히 자신의 여건을 우선 고려하여 그 중에서 좋은 날을 선택하십시오.

? 이사 방향은 꼭 지켜야 합니까?

답 직장의 전근이나 사업 관계 또는 아파트 입주 관계로 할 수 없이 이사를 해야겠는데 이사 방향이 삼살방이니 대장군방이니 한다면 알고서 그냥 가기는 께름칙할 겁니다.

왜 좋은 방향, 나쁜 방향이 생기게 되었을까요? 우리 몸의 소우주는 지구와 같은 구조의 자기장을 형성하고 있습니다. 몸에 이상이 있을 때 자석을 붙이는 것을 보았을 겁니다만 자석이 치료효과를 갖는 것처럼 몸에 흐르는 기운이 원활하지 않을 때는 문제가 생깁니다. 지구에도 동, 서, 남, 북과 그 사이에 동남, 동북 등 합하여 팔방에 제각기 다른 기운이 순환하고 있습니다. 우리나라에 오는 바람도 계절에 따라 북풍도 불고 남풍이 부는 것과 같은 이치입니다.

이러한 이치로 미루어 햇빛을 향해 가지를 뻗는 나무와 같이 사람도 자기와 맞는 방향이 나이에 따라 바뀌게 되는데 그것은 일정하게 순환하고 있음을 알 수 있습니다. 팔방이다 보니 순환 주기는 팔 년마다 다시 돌아온다고 보면 됩니다.

따라서 같은 극끼리는 밀어내는 자석과 같이 자기와 맞지 않는 기운이 도는 방향으로 몸이 쫓아가게 되면 몸이 이상해지고 정신이 혼미하여 예측하지 못하는 일이 생기게 될 수 있습니다. 그래서 이사 방향은 꼭 따져 보는 게 좋습니다.

부득이한 사정이 있을 때, 이를테면 직업 군인이 명령을 받았을 때 같은 경우가 여기에 해당하겠죠. 그럴 경우엔 떠나는 곳의 방향이 안 좋다고 명령을 거역할 수는 없는 것입니다.

호랑이 굴에 들어가도 정신만 차리면 된다고 합니다. 풍랑에도 이길 수 있는 의지가 필요합니다. 그리고 보통 민간에서 쓰던 시루떡이나 팥죽, 또는 참기름과 소금을 미리 방 네 귀퉁이에 뿌리는 등 여러 가지 비방도 한 방편이 될 겁니다.

이사 날짜와 같이 방향탈에도 방법이 있습니다. 상담중에 보는 놀라운 사실은 손재수가 있는 사람에게 어디로 이사 가냐고 물으면 꼭 손재수 방향으로 이사가겠다고 하고, 직장을 그만둘 사람에게도 물으면 퇴식방으로 이사를 정해 놓고 있습니다.

이는 어떤 것이 먼저냐를 따지기 전에 모든 것은 통한다는 이치에서 보면 이사 방향이 나쁠 때는 그 부분에 주의를 요하며 미리 대처하는 지혜가 필요합니다.

분가해 살다가 시어머니를 모시기로 하고 이사를 간다는 부인이, 상담중에 이사 방향은 어떠한가를 물었습니다.

분명히 그 부인의 금전 손실과 관재수 방향이라 운도 역시 불안했습니다. 이사를 안 했으면 좋겠지만 시어머니를 꼭 모셔야 한다는 부득이한 사정 때문에 이미 결정된 이삿날이라 매우 조심할 것을 당부했습니다.

이사간 지 한 달쯤 되어, 그 부인은 골목에 세워 둔 차 두 대를 얼떨결에 들이받고 경황없이 도망가다 경찰에게 잡혀 돈 잃고 관액을 당했습니다.

운과 이사 방향이 모두 나쁘다 보니 생긴 것이긴 해도 무시할 수 없는 방향 탈의 전형적인 예입니다.

평소 역학에 관심이 많던 노인이 제게 하신 말씀입니다.

둘째 아들이 이사 가는 날, 구경삼아 가서서 새 집을 들어서는데 집 입구에서 뭔가 섬뜩한 느낌이 들었다고 합니다. 이상하게 여긴 노인은 그날은 일만 조금 도와주고 집에 돌아와서 책을 찾아 이사 방향을 보니 삼살방이라, 아들에게 다시 이사를 가야 한다고 말했답니다.

그러나 젊은 아들이 말을 들을 것 같지도 않아서 혼자 고민하던 중 보름쯤 있다가 덜컥 아들의 유고 소식을 들으니 얼마나 황당했겠습니까.

건설회사에 다니는 아들이라 이삿날 하룻밤 자고는 지방 현장에 내려갔답니다. 보름 뒤 오랜만에 집에 일찍 들어와 아들은 낮잠을 잤다더군요. 저녁때가 되어 며느리가 밥을 차려 들어가니 아들이 텔레비전을 보고 있는 듯 앉아 있더랍니다. 그래서 며느리가 "여보 밥 드세요" 하고 툭 건드리니 그냥 쓰러졌고 다시는 일어나지 못했답니다.

나머지 식구는 장례 후 바로 이사를 했지요. 그 영감님은 지금도 방향탈이라고 생각하고 계시는데 그것은 사실입니다.

운명대로 살아야 합니까?

'치농음아(癡聾瘖啞)도 가부호(家富豪)요, 지혜총명 (智慧聰明)도 각수빈(却受貧)이라 연월일시해재정(年月日時該載定)하니 산래유명불유인(算來由命不由人) 이니라.' (어리석고 귀먹고 벙어리라도 집은 호화롭고 부자요, 지혜 있고 총명한 이도 도리어 가난함을 받으니 운수는 해와 달과 날과 시가 모두 정해져 있으니 계산해 보면 명에 있고 사람에 말미 암지 않으니라.)

위의 열자(列子)의 말을 인용해 보면 사람이 잘 살고 못 사는 것은 정해진 것이란 뜻입니다. 운이란 말은 옮긴다는 뜻이 있듯이 사람의 운이란 이리저리 바뀔 수 있다는 얘기입니다. 자동차 사업을 운수업이라 하니 인생도 여기에 비유할 수 있겠습니다.

자동차는 이미 부모님에게서 만들어진 모습이며 태어난 환경이고, 기름은 우리의 마음이자 노력입니다. 자신의 인생 자동차가 완전히 고장나지 않는 한 누구든 자기 운을 마음으로 조정할 수 있다는 뜻입니다.

좋은 환경에서 태어나 튼튼한 뒷받침으로 잘 나가는 사람도 있고 나쁜 환경, 즉 성능이 나쁜 차를 가지고 목적한 바를 이루는 이들이 있는 것을 보면 정해진 바탕보다 강한 의지가 더 삶을 좌우한다는 것은 누구나 아는 사실입니다.

다시 설명하면 서울역에서 기차를 탈 때 경부선인지 호남선인지를 결정해야 하듯이 태어날 때 가는 길은 결정되었습니다. 다만 경부선을 타고 광주에 내릴 수는 없어도 부산까지 가지 않고 대구에서 내리는 것 등은 본인의 마음이 스스로 결정할 수 있습니다.

같은 볍씨지만 논에 뿌리지 않고 들판에 뿌리거나 진흙 또는 모래밭에 뿌렸을 때 똑같이 자랄 수는 없는 일입니다. 또한 모내기는 봄에 했을 때와 가을에 했을 때, 차이가 많이 납니다.

따라서 운명이라는 말 속에는 이미 주어진 각자의 그릇이 있다는 뜻이 숨어 있습니다. 모든 사람이 다 대통령이 될 수는 없듯이 정해진 그릇 속에서 있는 그대로의 행복과 불행은 본인 마음대로 할 수 있습니다. 어쩌면 그 그릇이 복을 담는 그릇이 아닐까요.

운명을 개척할 수 있는 방법은 무엇입니까?

 완전히 운명을 바꿀 수는 없습니다. 다시 말해 인생의 큰 줄기는 변동이 없지만 노력한다면 많게는 30퍼센트까지 개척할 수 있습니다.

필자는 우연한 기회에 사주가 같은 두 사람을 가까이에서 사귄 적이 있습니다. 부모의 학력과 성격 등도 비슷하고 형제의 수도 같으며 모두 맏이인 데다 결혼한 배우자의 이름과(성은 다름) 처녀시절 직업까지 같았습니다.

그러나 현재의 직업에서 업종은 비슷하나 다른 한 사람은 직장인이고 한 사람은 사업가라는 차이와 또한 자녀의 성비가 달랐습니다. 이것은 또한 사람이 맺어진 인연에 따라 조금씩 달라짐을 말해주는 것입니다. 두 사람 모두 똑같은 사주의 배우자를 만나지 않았기 때문입니다.

더 나아가 부모의 사주가 다르기 때문이기도 합니다. 즉 같은 사주라 해도 후천적으로 작용하는 것이 많음을 보여주는 것입니다.

가을에 들판을 걷다 보면 유독 벼들 사이로 잡초가 많고 쭉정이가 태반인 논을 한둘은 볼 수 있습니다. 그 논의 쌀이 상품이 되겠습니까! 부모의 정성어린 교육의 정도가 상당 부분 운명을 변화시켜 줍니다. 또한 이름의 차이도 있을 수 있구요.

무엇보다 중요한 것은 살아가면서 만나는 사람들과의 연관성입니다. 끼리끼리 만난다는 말도 있듯이 선한 마음으로 살아야 보다 나은 은인들을 만난다고 봅니다. 그러므로 주어진 환경을 고쳐나가면서 노력하는 자는 운명을 어느 정도 개척한다고 말할 수 있지요.

인간은 사회적 동물이라는 말이 인연의 중요함을 대변합니다. 그래서 같은 날 같은 시간에 태어난 사람도 사는 모습이 시간이 갈수록 달라지는 겁니다.

그런 사주가 있습니다. 예전에는 역마살을 나쁜 뜻
으로 이해하곤 했습니다만, 역마살이 없으면 외국
여행을 못 갈 수도 있습니다.

역마살은 부지런하다는 장점을 가지게 됩니다. 따라서 외국이
나 타향에 가서야 자기 실력을 발휘하며 잘 살 수 있는 팔자가
있는 것입니다.

우물안 개구리가 돼서는 안 되는 시대이고 누구나 마음만 먹
으면 외국에 갈 수 있는 때입니다. 그런 사주를 가진 사람은 외
국을 상대로 무역을 하거나 타국에 거주하고 싶을 때 용기를 내
어 새로운 고향을 만들고 자신의 꿈을 키워나가기 바랍니다.

확률적으로 볼 때 외국에 사는 것이 편한 팔자가 5퍼센트 정
도 됩니다. 그런데 결혼한 사람은 상대방과 맞추어야 하므로 잘
타협해야 합니다. 무조건 어느 한쪽이 희생하는 것은 옳지 않습
니다.

이럴 경우 대개가 혼자서 떠나게 되어 본의 아니게 별거가 되거나 같이 외국으로 간다고 해도 몇 년 있지 못하고 되돌아 오는 경우가 많습니다. 신중하게 결정해야겠지요.

시대에 따라 사주의 기준도 달라져야 한다고 봅니다. 세계화에 알맞은 사주가 늘고 있습니다.

놀기만 좋아했지 학교생활과는 일찌감치 담을 쌓은 스물아홉살의 청년이 있었습니다. 연애는 잘해 장가를 일찍 들었지요. 취직은 아예 포기하고 옷장사를 해보는 등 꽤 열심히 살려고 노력은 했지만 매번 실패했답니다.

또 언제부턴가 학벌에 대한 열등감도 생기기 시작했습니다. 자식들 유치원에라도 가면 부모의 학력난에 뭐라고 써야 되는지 걱정이 많았습니다.

그러던 중 처가 쪽으로 호주에 이민 간 사람이 있어 연줄 연줄로 어떻게 호주로 이민 가서 청소부 일을 하게 되었는데 그때서야 비로소 돈도 많이 벌고 걱정이 없어졌답니다. 이민 가길 백번 잘한 경우라 할 수 있겠죠.

역학으로 사람의 죽을 때를 알 수 있습니까?

상담중에 의외로 많이 접하는 질문이 있습니다. 바로 자신이 '몇 살까지 살겠는가' 입니다. 그들의 의도는 농담 반 진담 반으로 묻는 것이 태반일 겁니다. 설혹 말해 준다 해도 믿는 사람이 몇 명이나 되겠습니까!

병원에서 말기 암으로 몇 개월 못 산다 했는데 10년째 잘 살고 있는 경우라든지 반대로 감기처럼 시름시름 앓던 사람이 갑자기 운명을 달리 한 경우도 있습니다. 몇 살에 고비가 있겠다는 것을 사주를 가지고 알 수는 있지만 정확히 아는 것은 불가능합니다.

어떤 한 사람이 죽은 뒤에 학문적으로는 그 사람이 그때 유명을 달리한 것은 이러이러한 운이기 때문이다,라고 말하는 경우는 많지만 미리 알 수는 없다고 봅니다.

몇 년 전 김일성의 죽음을 예언한 역술가가 언론의 조명을 화려하게 받았는데 한강물에 돌 던져 붕어가 우연히 맞은 격이지요.

그뿐 아니라 전 국민의 반 이상이 맞춘 대통령 당선자를 맞추고 못 맞추고가 뭐가 대단하다고 신문, 방송 잡지에서 그렇게 난리들입니까?

태어날 때 사주에서 일흔 살이 천수라 해도 성인이 되어서 매일 소주를 서너 병씩 먹는 사람이라면 의학적으로도 일흔살까지 사는 것은 불가능합니다. 즉 편하고 느긋하게 사는 사람과 조급하고 불규칙하게 사는 사람은 그 명에 차이가 많습니다.

역학은 위험한 때를 아는 것뿐입니다. 사람의 명은 역학보다는 오랜 명상과 수행을 한 분들이 더 잘 알게 되는데 자신이 저승 갈 때를 아는 것이라 보면 됩니다.

오래 살고 싶으면 남에게 원망 듣지 마십시오. 옛날부터 원한이 많으면 제 명에 못 죽는다는 말이 있습니다. 그리고 특이한 경우입니다만 기도나 조상의 은덕으로 죽음을 넘기는 사람도 있어 더욱 역학적으로 맞추기 힘들게 합니다.

오래 잘 사는 방법은 욕심 없이 사는 것이라고 봅니다. 그보다 더 좋은 불로초는 없겠지요.

제사는 꼭 지내야 합니까?

꼭 지내야 한다고 봅니다. 종교에 따라 다르지만 기독교인은 제삿상은 차리지 않는다 해도 제삿날 가족이 모여 기도를 한다면 제사를 대신하는 것입니다.

제사란 사람의 명이 다해 육신은 없다 해도 혼은 영원히 존재한다는 믿음에서 출발하는 겁니다. 쉽게 생각하자면 일년에 한 번 돌아가신 날 그리고 명절날 차례를 통해 조상을 마음으로 만나 뵙고 기억하자는 생각에서 이어져 내려온 것이라고 생각하면 됩니다.

그래서 가족과 가까운 친척들이 혼령이 다니는 밤 시간에 정성껏 음식을 차려 놓고 절을 하면서 돌아가신 분의 기대와 가르침 등과 살아 생전에 못 다한 효도를 조금이나마 갚고자 하며 가족 구성원간의 결속을 다지는 자리입니다.

좀더 구체적으로 말하면 조상이 현재 천상에 잘 계신지 아니면 축생이나 구천을 떠돌고 있는지, 아니면 윤회를 거듭하여 제사 드리는 이 순간에 다른 사람의 몸을 받아 태어났는지 알 수 없습니다. 그래서 보통 3대까지만 제사를 지내는지도 모릅니다.

하지만 이 문제는 사람의 머리로만 따지고 들 일이 아닙니다. 왜냐하면 천상에 거주하고 있던 귀신이 떠돌면서 살아생전 못 받던 대접을 받으며 한을 식히고 있는지 모르지만 여하튼 우리의 기억 속에 남아 있는 한 그 돌아가신 분은 자손들과 함께 존재하는 겁니다.

우리가 의식하든 하지 않든 살아 있는 사람들은 지금도 복잡하게 제 삶을 살지만 본인이 알고 있는 사람은 그 이름으로 어딘가에서 계속 존재하고 있으며 우리의 기억과 연결되어 있습니다. 그래서 죽은 혼령도 기억에 있는 이상 우리와 같이 있는 겁니다.

동서양을 막론하고 이름난 사람이 죽으면 동상을 세우고 참배객들이 동상 앞에 꽃을 놓으며 그 사람을 생각합니다. 아주 오랜 세월 동안 말입니다. 하지만 현대의 우리는 어떻습니까?

조상들에게는 길어야 몇 십년 제사를 드릴 뿐이며 그것마저도 안 하는 사람이 점점 많아지고 있습니다.

유명한 사람의 동상 앞에서는 묵념을 해도 조상 제사에서는 귀신을 섬기는 것이라며 질색을 하는 종교인이 있다면 누구나 웃겠지만 현실이 그렇습니다.

제사 그 자체를 너무 합리적으로 따지면 안 된다는 말입니다. 자신이 이 땅에 이런 모습으로 태어나게 된 인연을 생각해도 좋습니다. 제사를 가볍게 보지 않는 가정에는 불화란 있을 수 없습니다. 부모 하는 도리를 보고 자식은 그대로 배우게 되는 것이 법칙이기 때문입니다.

자연도 스스로를 치유하는 능력이 있습니다. 조상 숭배는 우리 영혼을 치유하는 방법 가운데 하나입니다. 이 세상 모든 것은 다 끝이 있습니다. 나무가 겨울이 없이 마냥 자란다면, 또 사람이 늙지 않고 살아갈수록 점점 더 젊어진다면 모든 질서들이 무너질 것입니다.

예수님, 공자님, 부처님도 육신의 허울을 벗는 죽음을 맞이하셨습니다. 그 누구도 피할 수 없는 숙명이 죽음입니다.

우리는 조상과 그 제사를 통해 인생의 오묘함과 무상함을 배우고 맛있는 제사 음식을 먹으며 우리의 마음을 화목하게 해야겠습니다. 그것이 제사의 진정한 뜻입니다.

주인 없는 제사를 지내도 됩니까?

답 자손도 없이 죽음을 맞이해 누구의 관심이나 보살 핌도 없는 경우, 제사 드릴 사람이 없게 되는데 그로 인해 집안에 해가 된다는 말을 듣고선 고민중에 찾아오는 상담자도 있습니다.

그들 대부분은 그 말을 무속인에게 듣고 오는 경우입니다. 어느 집에나 한두 명쯤은 주인 없는 제사가 있게 마련인데 집에 해가 되지는 않습니다.

이런 경우 제사보다는 절이나 무속인에게 부탁하여 천도제나 절에 위패를 모셔두어도 되겠고 부담이 되면 음력 7월15일 백중 일에 참석하여 빌어 주어도 되겠습니다. 왜냐하면 할아버지, 아 버지 제사도 잘 지내지 않는 시대가 되는데 주인 없는 제사를 모셨다가 나중에 자식에게 어떤 짐이 될지 모르기 때문입니다. 그런 제사는 집에서는 지내지 않는 게 좋습니다.

? 굿은 왜 하는 건가요?

답 굿의 역사는 아주 오래 전부터입니다. 많은 민속학
자들이 이 분야에 꾸준한 연구를 하고 있습니다. 인
간은 자연과 살아가기 시작하면서 사람이 미치지 못
하는 강력한 자연의 힘에 경외심을 가지고 화합해 나가는 방법
으로 하늘이나 산이나 물, 나무 등에 예를 올렸을 것이고 그것이
발달하여 신을 부르고 신에게 직접 소원을 비는 주술적 의미로
내려와 굿의 형태로 정착했을 것입니다.

굿에는 많은 예술적 의미와 인간적 정서가 가득하다 보니 최
근에 와서는 무형 문화재로 지정, 전통 굿이 재현된 모습을 다행
히 볼 수 있습니다. 일제의 말살 정책 이전에만 해도 세습무 형
식으로 각 고을 특성의 굿을 이끌던 당무들이 있었으나 지금은
몇몇 뜻있는 이들이 이어가고 있습니다.

이와 같이 굿은 마을의 결속과 윤리를 다룰 수 있는 방법으로
이용되었으며 서민들의 한바탕 놀이 문화이기도 했으며 우리 민

족의 한풀이 축제라고도 할 수 있습니다.

하여튼 요즘 일반 가정의 굿은 대개 돌아가신 조상이나 가족의 혼을 위로하는 형태로 하여 현실의 안녕을 꾀하는 목적이 대부분입니다.

현실에서 아쉬운 부탁이 있거나 중요한 사람을 만날 때 식사 대접을 하는 것처럼 혼에게 정성들인 음식을 대접하되 무속인을 매개로 춤과 소리가 어울려서 혼을 달래서 소원을 빌게 되는 것이 요즘 일반적인 굿의 모습입니다.

굿은 효과가 있습니까?

답　신에 의해 잘못된 것이라든가 신을 위한 굿이라면 반드시 효과가 있다고 봐야 합니다. 예를 들어 용왕 굿이나 넋을 달래주는 진혼굿, 정신이상증이나 집을 신축 또는 개축시의 동토탈(집터의 부정), 상문부정(상가집에서의 부정)의 해 등은 대체로 효과가 있습니다.

그러나 사업의 실패로 인한 재물을 굿으로 만회할 수는 없으며 암같은 불치병에도 별 소용이 없다고 할 수 있습니다. 간혹 일시적 호전은 있을 수 있으나 결과엔 그리 영향을 미치지 못한다고 봅니다.

요즘도 수많은 사람들이 굿을 하면 회사 부도를 살릴 수 있다는 말을 믿고 피같은 거액을 허비하는 경우가 비일비재합니다.

결론적으로 터무니없는 욕심을 가지고 하는 굿은 효과가 없으나, 자연을 거역할 때 친화하기 위해 푸는 굿은 효과가 있다는 것을 알아야 합니다.

돈 천만원 들여 굿하고 몇 억 벌게 해달라고 비는 사람이 있는 한 엉터리 굿은 계속될 겁니다. 왜냐하면 굿의 동기가 욕심으로 가득하여 신의 뜻에 거역하기 때문입니다. 신의 세계에서는 물질이 이 세상처럼 중요하지는 않겠지요.

그리고 무속인들의 자질도 문제가 됩니다. 예전처럼 세습무가 없어져 가고 있기에 신 굿을 해준 일명 신어머니라는 사람이 제대로 가르쳐주지 않아 굿 하는 형식을 모르고 애를 먹는 무속인들이 상당수 있으며 그것으로 인해 점점 굿이 부실해지는 경향이 있습니다.

이를 위해 무속인 서로가 연구 발전하기 위해 정보 교환 등 교류를 통해 화합하는 것이 필요하다고 봅니다.

한 중소기업 사장이 사업에 몇 년째 고비를 맞더니 부도 직전의 위기에서 평소 가본 적이 없는 점집을 찾게 되었습니다. 답답한 심정에 속 시원히 얘기라도 털어놓을 겸 들어갔는데 점쟁이 말이 삼백만 원짜리 굿을 하면 서서히 풀리겠다는 것이었습니다.

그 말을 듣고 그는 가계수표를 할인하여 굿을 했는데 희한하게도 2천만 원짜리 어음이 생각지도 않은 곳에서 융통되어 무사히 막게 되었답니다.

그런데 문제는 사업이 활성화되어 빌린 돈을 갚아야 하는데 급전 막을 길이 또 막막하게 되었답니다. 그래서 다시 상담을 하니 이번에는 5백만 원짜리의 굿을 해야 된다는데 돈도 없고 자신이 없어 지나는 길에 필자의 철학관으로 들어왔다고 하였습니다.

회사는 이미 어떻게 할 수 없는 상황이고 회사와 부동산을 정리하지 않으면 타인의 손에 강제로 정리되니 부채를 최대한 정리하고 작은 집을 전세로 얻으라고 일러주었습니다.

명문대학원까지 나온 28세의 청년이 어찌된 일인지 직장도 안 다니고 두문불출한다고 했습니다. 교회를 다니는 집이라 강제로 기도원에도 데리고 가고 사람을 불러다 철야 기도를 해도 별 효과 없이 점점 이상한 소리만 하므로 마지막으로 정신 병원에 데려가려고 하는데 어떻게 하면 좋겠느냐고 물어 왔습니다.

사주를 보니 귀신의 장난을 받는 팔자에 운이 또한 그러하기에 자세히 육효점을 쳐보니 귀신이 틀림없어, 인연 닿는 무속인에게 가서 굿을 하기를 권했습니다.

나중에 들은 얘기로, 굿을 하던 도중 이 청년이 발작을 하면서 자신의 몸을 마구 때리고 도망을 가려고 했습니다. 그래서 몸을 묶고 굿을 했더니, 소아마비로 방안에서만 살다시피 하다가 열 아홉 나이에 자살한 당숙이 청년의 몸에 실려 그러한 증세가 나타난 것으로 밝혀졌습니다. 천도를 시키고 나니 예전처럼 얼굴에 화기가 돌고 그 후로는 학원의 영어강사로 취직하여 다닌다고 합니다.

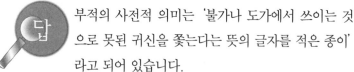

? 부적이란 무엇입니까?

답 부적의 사전적 의미는 '불가나 도가에서 쓰이는 것으로 못된 귀신을 쫓는다는 뜻의 글자를 적은 종이'라고 되어 있습니다.

여름의 납량물을 보지 않아도 대개의 사람들이 육신은 묻혔어도 혼은 남는다는 생각을 가지게 되는데, 이때 원한귀나 여러 가지 이유로 떠도는 귀신이 많다는 것을 인정하게 됩니다.

이와 같이 귀신을 물리치는 것 외에도 소원을 성취하기 위한 부적도 있습니다. 이러한 부적의 원리는 귀신이 싫어하는 무서운 말이나 그림으로 그려 귀신의 접근을 막고, 선신에게는 거리에서 피켓을 들고 지나가듯이 우리의 소원을 표시하여 돌봐 달라는 의미로 씁니다.

이는 손오공으로 유명한 삼장법사가 처음 사용하였다는 설이 지배적입니다. 종류는 몸에 지니는 것과 태워 마시는 것, 붙이는 것 등이 있습니다.

부적은 한마디로 신인합일(神人合一)의 간절한 기도문이라 볼 수 있습니다.

현대는 좀더 광의의 부적을 생각해야 되겠습니다. 쉽게 말하면 우린 모두 부적을 가지고 다닌다고 해도 과언이 아닙니다.

여러 가지 이유로 십자가나 염주를 걸어놓은 차를 쉽게 보는데 이는 마음의 안정을 줍니다. 이 또한 부적에 다름아닙니다.

길 떠나는 자녀나 시험 보는 자녀에게 어머니가 평소 아끼던 물건을 건네주고 그것을 고마운 마음으로 받아 간직한다면 종이에 붉은 글씨로 쓴 어떤 부적보다도 효험이 있다고 봅니다.

무언가에 의지하고픈 사람, 가족의 사랑이나 이웃의 정으로 나누어주는 물건 모두 진정 상대방을 생각했다면 어떤 귀신도 물리치고 선신의 도움을 받는 부적이 된다고 믿으시길 바랍니다.

우리 생활의 모든 것을 아끼고 사랑할 때 조그마한 물질 하나도 혼이 깃들고 그것으로 인해 우리의 영혼이 감응을 하게 되고 오랜 친구와 같이 자신을 지켜주게 됩니다. 그 어떤 부적보다 확실하게 말입니다.

? 무속인이나 역술인, 또는 그 외 사람들이 써주는 부적이 효능이 있습니까?

 산삼은 구하기 힘들고, 행복이 바로 옆에 있다 해도 느끼는 사람은 별로 없습니다. 부적은 누구나 가질 수 있습니다만 효능은 그리 쉽지 않습니다.

이것은 귀한 것은 흔하지 않다는 원리입니다. 그만큼 자기 것으로 만드는 복이 있어야 합니다. 돈만 벌려는 목적으로 주고받는다거나 요행을 바라고 부적을 요구하는 사례가 많습니다.

잘못하여 소송을 당했을 때 벌받을 생각은 않고 관재를 면하게 해달라거나 남보다 비싸게 내놓은 부동산을 잘 팔리게 해달라고 하는 경우도 있고 공부도 안하는 자녀를 대학에 합격하게 해달라고 빌기도 합니다.

이때 소원을 들어준다면서 부적을 권하거나 쓰는 이들이 상당히 많아 부적의 인식이 나빠졌습니다.

병이 나을 사람은 개똥을 먹고도 낫는다는 말이 있습니다. 잘될 사람은 우연이라도 부적을 잘 받아 지니게 되고 효과를 봅니다. 그것은 주고받는 사람간의 절대적 믿음 때문에 가능하지요. 서로의 신뢰가 없으면 그 어떤 징표도 정성스런 부적도 효능이 없다는 것을 아시기 바랍니다.

저는 가끔 부적을 부탁하는 사람에게 성의껏 내도록 하는데, 생활 정도보다 터무니없이 적게 내는 사람도 있습니다. 예를 들어 집 한 채 팔게 해달라면서 복비의 1퍼센트 정도의 돈만 놓고 갈 때면 그 사람이 믿음도 없이 심심풀이로 부적을 가져간다는 생각을 떨치기 힘듭니다.

또한 부적은 효능이 있다 해도 그때 그때마다 병을 치료하는 단방약 같은 것입니다. 가끔 사주 팔자의 살을 한번에 풀 수 있다고 하며 거액을 요구하는 이들에게 속지 마십시오. 영양제도 며칠 이상 먹듯이 꾸준히 사용해야 하는 부담이 있습니다.

부적은 그 해의 운이 나쁠 때나 당면한 과제를 풀어야 할 때 쓰여져야 합니다. 그리고 앞서도 말씀드렸듯이 신과 합일되어야 되므로 마음가짐이 중요하며 귀한 보물처럼 소중히 간직해야 합니다.

계룡산에서 백일기도를 하던 사십대 남자가 다른 사람하고는 다르게 부적만을 쓸 수 있는 신통을 받았습니다. 산에서는 부적 쓸 재료도 없고 하여 자신의 신통을 시험해 볼 수가 없었지요. 마침 떨어진 나뭇잎에다 흐르는 물을 손으로 찍어 '사람 다니지 말라'고 대충 써서 길에다 놓았더니 멀쩡한 길인데도 그 앞에 와서는 사람들이 비껴가곤 했답니다. 부적이란 꼭 경명주사로 또는 붉은 글씨로 쓰지 않아도 되며 신통력이나 정성이 중요합니다.

갓 서른을 넘긴 처녀가 와서 부탁하기를, 애인이 주말이 되어도 만나 주지를 않으니 자신에게 좀더 가까워지도록 부적을 써 달라고 하였습니다.

그 애인의 사주를 풀어 보았더니 유부남이었습니다. 바람은 피우지만 자신의 가정은 확실히 지키고 싶어하는 사람으로 평소에도 일찍 만나 금방 헤어지고 또 주말에는 어떤 일이 있어도 가족들과 지내는 성격의 소유자였던 것입니다. 그래서 이 아가씨는 불만이 생기게 되었고 그것을 부적의 힘으로 자신에게 유리하게 만들어 보려는 의도였습니다. 불륜관계임을 알아챈 필자는 처녀를 돌려보냈습니다. 부적을 잘못 활용하려 했기 때문이지요.

신문이나 잡지를 보면 달마도를 팔거나 그냥 보시를 한다는 등의 광고가 많이 나옵니다. 수맥을 차단하고 병을 고친다고 하는데 필자로서는 실소를 금치 못하겠습니다. 달마 대사의 구도를 향한 수행과 해탈의 과정을 본받기 위해 많은 선지식들이 달마도를 그려 왔습니다. 이것은 그 분에 대한 존경심과 뜻을 따르기 위한 방편이었으나 그것을 악용하는 사람들로 부적과 같이 변질이 되었으니 안타까운 일입니다.

어떠한 사물이나 의지하고 믿으면 의외의 성과를 가져오는 것이기 때문에 달마도를 확실히 믿는다면 어떤 신비한 일이 생길 수도 있습니다.

그러나 달마 대사는 부처뿐 아니라 그 어떤 대상도 모두 버리고 스스로 해탈하기를 가르치신 분이므로 그 그림을 간직한다는 것은 상당한 이기주의에서 비롯된 것이며 달마대사의 뜻을 거스르는 것입니다.

필자도 달마도를 좋아합니다. 그 그림은 그 분의 구도의 길을 생각하며 더욱 저를 채찍질할 뿐입니다. 상담중에 달마도를 구하고 싶어하거나 아는 분에게서 그림을 구했다고 하는 분들이 있는데 달마도가 좋은 의미로 전파되어 아무쪼록 禪의 바람이 일었으면 합니다.

꿈은 왜 꾸는 겁니까?

인체의 생리 체계는 낮에는 일을 하고 밤에는 수면 상태로 들어가는데 이는 긴장과 이완을 반복함으로써 인체의 생체 활동이 지속되게 하기 위함입니다.

수면중에는 감각 기관이 떨어져 혈압은 10퍼센트 정도 떨어지며 심장 박동수나 호흡도 20퍼센트 정도 감소합니다. 낮처럼 강렬한 감정과 의식 활동의 긴장을 밤에도 계속한다면 정신의 체계는 서서히 무너져 내리겠지요.

따라서 수면을 취한다는 것은 정신 활동이 정지하는 걸 의미하는 것이 아닙니다. 이성, 의지, 감정이 느슨해져 꿈은 잠재의식에 자유를 주고 정신적 긴장과 이완에 리듬을 형성합니다.

프로이드와 융 이후 새로운 연구에서 램 수면은 두뇌의 신진대사와 체온 조절에 결정적인 영향을 미친다는 것을 알려주고 있습니다. 또한 꿈을 통해 뇌의 복잡한 기억과 혼란을 정리하는 역할을 하므로 꿈이 없다면 인간의 머리는 보다 더 커졌을 것이라고 합니다. 그리고 건강과도 밀접한 관계가 있어 너무 자주 꿈을 기억해 내는 사람은 건강을 의심해 보는 것이 좋겠다고 의학자들은 말합니다.

선인들이나 수행자는 일반인보다 현저히 적게 꿈을 꾸게 됩니다. 모두 마음의 안정이 되도록 노력하여 악몽은 꾸지 않기를 바랍니다. 꿈은 자신의 현 심리 상태를 가장 잘 나타내기 때문입니다.

눈만 감으면 꿈을 꾸게 되는 어느 중년 부인의 고민은 꿈을 안 꾸고 자는 겁니다. 그 부인의 꿈 중에 유독 자주 꾸는 꿈이 있는데 그것은 늘 신발을 찾아다닌다든가 물건을 찾아다니는 꿈입니다.

그 꿈을 꾸고 나서는 집에 도둑이 들지는 않을까 걱정이 되어서 외출도 못하겠고 불안한 마음으로 하루를 지낸다며 부인은 상담을 부탁했습니다.

이러한 꿈은 대개가 신변의 변화를 뜻하는데, 이사해야 된다거나 직업에 대한 불안감으로 봐야 합니다. 하지만 늘상 꾸게 되는 경우이기 때문에 이 경우는 심리적 불안과 함께 건강상 신장에 이상이 있다는 것을 알 수 있습니다.

신장의 기운이 약하면 잘 놀라고 겁이 많아지며 그것으로 인해 조금만 걱정을 해도 배가 아프거나 소변이 자주 마렵고 편두통을 불러오기도 합니다. 따라서 이 꿈은 우리가 말하는 개꿈이며 의학적으로 치료가 있어야 하는 경우입니다. 마음을 넓게 쓰는 수련도 병행해야 합니다.

꿈 해몽은 가능합니까?

상담자들이 해몽을 부탁하는 경우가 많습니다. 우선 꿈 해석 방법에는 크게 세 가지가 있습니다.

그 첫째가 직접 해석인데 가장 쉬운 방법으로 꿈에서 본 그대로 해석하는 겁니다.

두 번째는 전석(傳釋)법인데, 예를 들면 사과를 한 광주리 따오는 꿈을 꾸었다면 과일은 여자를 상징하거나 빨간 사과는 예쁘므로 여자 아이를 낳을 태몽이라고 해석하는 것 등입니다. 이 방법은 그 꿈을 꾼 사람의 환경과 심리 상태 분석 등을 유효 적절하게 할 때 그 정확도가 높습니다.

세 번째로 반대 해석을 들 수 있습니다. 가령 집이 무너지는 꿈을 꾸었다면 새 집을 세우겠다고 해석하거나, 죽는 꿈을 꾸면 크게 벼슬을 하거나 이름이 나며 병든 사람은 차도를 보인다고 해석하는 것입니다.

이러한 방법 등으로 해몽을 하게 되는데 상담중에 느끼는 안

타까운 일로는 꿈도 사기를 친다는 겁니다. 예를 들어 돼지를 꿈에 보면 좋다는 것을 의식하고 있는 사람이 돼지꿈 꾸기를 늘 기대한다면 틀림없이 돼지꿈을 꾸는데 그렇다고 복권이나 다른 횡재수가 있지는 않습니다.

어느 상담자는 사업 시작을 앞두고 꿈을 꾸었는데 돌아가신 부친이 보석을 한 보따리 주셨고 그 전에도 몇 번 부친 꿈을 꾸면 돈이 생기곤 하였기 때문에 틀림없이 사업이 잘될 것 같다며 희망에 부풀어 있었습니다. 필자가 자세히 사주를 보니 크게 손재할 운이었습니다. 이것은 본인이 큰일을 앞두고 불안한 마음과 의지하고픈 생각이 낳은 가짜 꿈입니다.

따라서 꿈을 믿기 전에 그 며칠 전의 자기 생각과 경험을 더 들어 봐야 한다고 봅니다. 아무 의미 없이 지난 일을 꾸는 그런 꿈도 있으며 간혹 앞일을 예시하는 암시의 꿈은 전체 꿈의 5~10퍼센트밖에 해당되지 않는다는 것을 상담을 통해 알 수 있습니다. 꿈에 집착한다는 것 자체가 또 다른 꿈을 낳아 수면 방해로 나타납니다.

꿈은 앞서도 말했듯이 의식을 이완하는 생리적 작용이 더 크며 잠재의식 속에서 간혹 예지의 능력을 갖는다는 겁니다. 그 대표적인 것이 태몽입니다. 그러나 그 예지 능력이 복잡한 현대만큼이나 가닥이 잡히지 않아 해몽 역시 어렵게 되었으니 같은 꿈이라도 해석이 다르고 같은 해석이라도 맞지 않는 경우가 많습니다.

따라서 제일 좋은 방법은 꿈을 꾼 본인의 기분이 나쁘지 않으면 일단 좋은 꿈이라 보면 됩니다. 진정 의미있는 꿈이라면 누구나 쉽게 감정으로 그 꿈을 해석할 수 있기 때문입니다. 그리

78

고 잡다한 꿈을 많이 꾸는 사람은 점 집이나 해몽책보다는 의사를 찾아 건강 진단을 받고 그래도 이상이 없으면 종교에 몰입하여 기도 생활을 열심히 하는 것이 좋습니다.

결론적으로 꿈 해몽은 간혹 신비감을 주는 점도 있지만 꿈 자체가 의심의 여지가 있는 만큼 본인 생각에 대수롭지 않은 꿈들은 다 잊어버리는 것이 상책입니다. 해몽도 역시 마음으로 살펴야 정반대의 해몽을 막을 수 있습니다.

꿈은 생활을 반영하므로 자신의 평소 생각 즉, 걱정이나 기쁨, 경험했던 일들을 따져 보시기 바랍니다.

꿈은 꿈일 뿐입니다. 잘못된 해몽으로 피해가 없어야 합니다. 긍정적 생각이 밤의 휴식인 수면에 도움이 됩니다.

꿈에 인분을 보면 돈 운이 따른다고 믿는 식당 주인인 40대 남자 고객은, 꿈에 자신의 바지에 온통 인분이 묻었다고 좋아하며 복권을 샀다고 자랑을 했습니다. 현실에서 인분은 가장 더러운 것의 대명사입니다. 따라서 '더럽고 치사하다' 라는 말을 자주 쓰게 되는데 말 그대로 더럽고 치사한 것이 몸에 묻었으니 말썽의 소지가 있는 일이나 구설에 휘말리게 된다는 뜻의 꿈이지요.

또 그것이 바지에 묻으니 바지는 자신의 하체를 가리는 것이어서 자신의 식솔들과 관계가 있겠고 다리는 움직이는 것이니 돈과도 관계한 것이라 동생이나 처가 쪽으로 하여 보증이나 돈 거래 문제로 고민하겠는데 결과야 어떻든 구설과 다툼이 많겠다고 해몽을 해주었지요. 아니나 다를까 그 날 저녁에 동생이 보증을 부탁해 와서 부부가 다투고 동생은 형수와 얼굴을 붉히다 돌아갔다고 합니다. 인분 꿈이라고 해서 무조건 좋은 것은 아닙니다.

답 열자(列子)는 사생(死生)이 유명(有命)이요, 부귀재천(富貴在天)이라 했습니다. 이 말을 바꾸어 말하면 사생결단으로 돈 벌려고 노력하는 이에게는 하늘도 길을 열어 줄 수 있다는 가능성을 제시하는 것으로도 볼 수 있습니다.

부자는 그만큼 애착이 많습니다. 그리고 남보다 몇 갑절의 노력을 합니다. 그런 사람은 시작에서 끝까지 이러한 생각과 실천을 가능케 하는 운, 또는 시대적 상황이라고 해도 좋은 그 어떤 것을 타고난다고 봅니다.

그러나 아무리 박복한 운이라 해도 꾸준한 성실성은 중산층 이상의 생활을 가져다주는 시대가 되었습니다. 밤낮으로 일해도 평생 자기 땅 한 평 가질 수 없는 신분제도 시대는 아닙니다.

은행 돈이나 사채를 자기 돈인 양 아무 생각 없이 호화로운 생활을 하며 타인에게 피해를 주는 사람보다는 내가 노력해서

번 돈을 알뜰하게 저축하고 적절하게 소비하는 사람이 부자인 겁니다.

저승길도 노자 없으면 가기 힘든 세상입니다. 이러한 때에도 어려운 사람일수록 가난한 사람들을 위해 전 재산을 사회에 헌납하는 사례가 많습니다.

그러나 부자는 보통사람에게는 큰돈입니다만 자신의 아주 적은 부분을 내놓고 맙니다. 그러한 애착이 큰 부자를 만들므로 타고난 운이 없다고 말할 수는 없습니다. 또한 자신의 의지와는 별도로 부잣집에 태어나는 것도 운이겠지요.

다만 돈 운이 행복이나 다음 생을 보장해주는 것은 절대 아니므로 지혜로운 영혼일수록 돈 없는 팔자로 태어나는 것이라 봅니다. 부자가 천당 가기는 낙타가 바늘구멍에 들어가는 것 보다 어려우니까요.

오십대 부인이 찾아와 일년 운세를 보는데 그 해 3월에 손재수가 있기에 주의를 주었습니다. 그 때 그 분은 이해가 안 된다는 표정으로 돌아갔는데 나중에 다시 찾아왔습니다. 강남에서 문제시되었던 낙찰계를 하다가 자기가 타기 며칠 전에 계가 깨지는 바람에 삼천만 원을 날리게 되었다고 합니다.

삼천만 원 넣고 몇 달도 안 되어서 일억 삼천만 원을 벌 수 있다고 투자를 한 것 자체가 뻔한 결과 아니겠습니까. 일확천금을 바라는 사람은 그 돈이 들어오지도 않지만 들어온다고 해도 얼마 견디지 못하고 모두 탕진하는 것이 바로 금전 운이라는 겁니다.

60대 부부가 찾아와 단층으로 가지고 있는 사백 평 규모의 상가를 헐고 그 땅에다 10층 짜리 빌딩을 지으면 어떻겠는가 문의를 하였습니다. 현재 월세 수입은 천 이백만 원이며 땅값은 대략 50억 정도라고 합니다.

사주를 보니 부부의 돈 복이 약 40억 정도라 그 땅을 팔고 보증금 빼주고, 세금 등 기타를 정리하면 되겠기에 건물을 짓지 말고 그냥 팔든가 아니면 계속 월세 받을 것을 권했습니다.

그러나 두 부부는 건물을 지으면 재산 가치가 두 배 가량 오른다는 계산이 나오므로 필자의 권유를 듣지 않았습니다. 그러다 공사를 하던 중 건축업자의 부도와 주변 주민의 진정 등으로 초기 투자 금액으로만 예상액의 3배 가까이 지출하였습니다. 공기가 3년씩 늦어진 데다 바로 경기 불황으로 분양이 안 되어 현재 빚만 십억 가까이 안은 채 5층 건물을 지어 운영중에 있습니다.

자신의 복 주머니가 넘치면 그것으로 끝나는 것이 아니라 터져 버리는 것이 문제이지요. 음식을 많이 먹은 것으로 끝나면 그만인데 꼭 배가 아프거나 체해서 고생을 하는 후유증이 있습니다. 자신의 돈 복을 잘 살펴야 합니다.

? 돈 복이 많게 바꾸는 방법은 없습니까?

답 특별한 방법은 없습니다. 보통 사람들은 도깨비 터나 명당에 집을 짓든지 조상 묘를 잘 쓰거나 이름을 잘 지으면 돈을 잘 벌게 되는 걸로 잘못 알고 있습니다. 하지만 그렇게 말하는 술사나 또는 도장의 재료, 옷 색깔에 따라서도 돈이 붙고 안 붙는다 하는 얘기를 듣게 되는데 이런 방법을 말하는 사람이 있으면 자신부터 운을 바꿔서 잘 살아 보라고 말하고 싶습니다.

또한 열심히 돈 내고 기도하면 부자 된다고 가르치는 종교도 있습니다.

'사람 팔자 시간 문제다' 라는 말이 있습니다. 이는 언제 부자가 될지 가난하게 될지 모른다는 뜻으로, 바꿔 말하면 누구나 부자도 가난하게도 될 수 있다는 겁니다. 누구든지 평생 부자라는 법도 없고 가난하라는 법도 없습니다. 예수님도 저 들판의 꽃이나 새들처럼 무엇을 먹을까, 마실까 내일을 걱정하지 말라 하셨

83

고 부처님은 일체가 무상함을 설하셨습니다.

상담중에 보면 사업에 실패한 사람들 거의 대부분은 무리하게 남의 돈을 썼거나 능력 이상의 일을 추진했다는 공통점이 있습니다. 여러 번의 실패 후 성공한 이들의 한목소리는 그렇게 쫓아다닐 때는 안 붙던 돈이 무심해지니깐 그때서야 벌리더라는 겁니다. 그들은 아주 비싼 수업료를 주고서야 배우게 된 셈이지요.

돈 운을 바꾸는 법이 있다면 그것은 한마디로 욕심 없는 마음입니다. 그런 사람은 부자들의 몇억보다 더 값어치 있게 몇 천 원도 쓸 수 있기 때문입니다. 그러한 마음이 말년 아니면 다음 생에는 꼭 넉넉한 인생이 될 겁니다.

얼굴의 점 중에서 입술 위의 점은 식복도 많고 돈 복이 따른다고 믿는 분들이 많습니다. 한 중년 부인도 그렇게 믿고 있는데 하루는 교회에서 산 기도를 열심히 하고 성령을 받았다는 사람이 식당의 손님으로 왔다가 부인에게 말했답니다. 그 점을 빼야만 고생 안 하고 살 수 있다고 하며 공짜로 빼 주겠다고 자신이 아는 집으로 부인을 데리고 가서 점을 빼게 했답니다.

문제는 그 이후에 식당에 손님이 현저히 떨어지고 급기야 월세도 못 내고 마는 신세가 되니 그 부인은 점을 잘못 뺐다고 후회를 하고 있습니다. 그 분의 사주를 보니 돈이 나갈 때가 되었는데 점 때문인지 운 때문인지 가릴 수는 없어도 점 때문이라는 생각은 얼른 지워버리고 살아야 한다고 봅니다.

돈 운은 외부의 영향보다는 자신의 운이 결정적이므로 다시 붙일 수도 없는 점을 생각하면 평생 돈 못 벌고 살 수도 있습니다. 불경기일수록 더욱 열심히 살아야겠습니다.

팔자에 맞는 직업이 있습니까?

분명히 있습니다. 요즘은 학교에서 보다 과학적인 방법으로 적성검사를 합니다만, 어떻든 자기의 특기와 개성에 맞는 직업은 있다고 다들 알고 있습니다. 그런데 그 직업을 찾지 못하는 경우가 많은 것은 사회적 지위를 따지고 주위의 권유로 진로가 이루어지기 때문입니다.

얼마 전 방송에서 의사를 하던 분이 만두 전문점을 차린 것을 보고는 대단한 결단이라고 생각했습니다. 앞으로는 점점 의식구조가 자신의 개성을 강조하는 시대로 바뀌어 대학보다는 전공을 선택하는 이들이 느는 것은 다행한 일입니다. 앞으로는 직업이 점점 세분화되고 그만큼 종류도 많아지겠지요.

참고로 말씀드리면 필자가 상담을 통해 얻은 결론으로는 30퍼센트 정도가 적성에 맞는 직업을 가지고 있고 나머지는 예전에 그런 직업을 희망했으나 여의치 않았다거나 앞으로 할 계획이라고 말합니다.

따라서 팔자에 맞는 직업을 가지는 복도 대단한 것입니다.

반대로 대부분의 사람들이 현재 직업에 불만을 가질 수 있는데, 확신이 있을 때까지는 신중한 대책과 함께 직업 전환을 위해 꾸준한 노력을 계속해야겠습니다.

어쨌든 팔자에 맞는 직업을 찾아 하고 싶은 일을 하며 사는 현명함이 필요합니다.

사주에 未자가 있는 여자분이 무슨 일을 해서 돈을 벌면 되겠는가를 물어 왔습니다. "未자에 口자를 붙이면 昧자가 되니 음식을 잘 하시겠네요" 하니 "남들이 모두 솜씨가 있다고 하는데 음식 장사를 할까요?" 하길래 음식 중에서도 고기 종류보다는 분식이 좋다고 조언을 했습니다.

그 후 그분은 학교 앞에서 즐겁게 분식집을 하고 계십니다.

누구나 팔자에 직업을 가져야 합니까?

 사람은 누구나 일을 해야 합니다. 하루 일하지 않으면 하루를 굶는다는 격언과 같이 누구나 일을 할 수 있게 태어났습니다.

그러나 직업, 즉 돈을 버는 것은 그렇지 않습니다. 여성의 사회 진출이 증가하는 시대로 요즘은 여성도 경제적으로 남편보다 나을 수 있고 운도 많이 따르는 경우가 있습니다.

상담중에 운이 다한 남편에게는 이젠 쉬라 하고 운이 찾아 온 부인에게 돈을 벌어 보라고 권유하여 성공한 예가 많습니다.

여자가 무조건 가사만을 책임지는 시대는 아닙니다. 남자가 직업 운이 없는 사람도 있는데 억지로 하다가 매번 실패하는 경우가 많습니다. 외조를 하며 가사를 분담하는 일이 떳떳한 사회가 될 겁니다.

예전에는 남자들이 글공부 하거나 유랑생활을 했던 시대에서 이제는 사회 봉사활동이나 새로운 분야에 취미를 가지고 연구하거나 남들 안 하는 학문에도 심취하는 등 직업은 없다 해도 무언가를 부지런히 해야 합니다. 그래야 가족과 주변 사람들로부터 존경을 받을 수 있고 자신의 인생도 즐겁고 보람있겠지요.

그리고 평생 직장 생활을 해야 할 팔자와, 자영업을 해야 할 편안한 팔자가 있으니 직장 생활 또는 사업이 힘드신 분들은 자신의 적성과 운을 잘 헤아리고 주위의 의견을 들어 판단하길 바랍니다.

육십이 넘은 중년 신사분이 더 늙기 전에 사주팔자나 한번 볼까 하여 필자의 철학원에 들어오셨다고 하기에 사주를 보니 평생 돈 벌 운이 없는 겁니다. 하여 "어르신은 돈 벌 운이 없었고 앞으로도 없는데 무슨 특별한 계획이라도 있습니까?" 하고 물으니 그 분 말이 자신은 고향에서 알아주는 부잣집 큰아들로서 일찍이 부친께서 장가를 들이며 땅도 많이 나누어 주어 지금까지 돈 안 벌고도 남부럽지 않게 살아왔다고 했습니다. 그래서 앞으로도 별 특별한 계획은 없고, 사실은 아들이 하나 있는데 정부에서 보상받은 땅 값을 가지고 사업을 하겠다고 고집을 부려 찾아왔노라고 하셨습니다.

아들의 사주도 감정을 해 보니 역시 돈 벌 팔자가 아니라 사업이 망할 것은 불보듯 뻔한 일이고 하여 다시 며느리의 사주를 보았지요. 다행히 며느리는 돈 벌 운도 있고 사주가 견고하여 "정 그렇다면 며느리에게 장사를 시키고 아들 보고는 힘 닿는 대로 도와 주라 하십시오" 하고 감정을 하였습니다. 그는 아들이 지금까지 사업한다고 잃어버린 돈이 상당하다고 털어놓았습니다. 돈 벌 운은 없어도 잘 살 수 있는데 억지로 일을 벌여 재산을 털어먹을 뻔한 예입니다.

직업 운은 몇 살에 결정됩니까?

옛날에는 선비가 공부만 하다가도 운이 왔거나 뜻한 바가 있을 때 과거를 보면 3, 40대에도 관직에 나갈 수 있었지만 지금은 대학을 들어가는 나이, 즉 고등학교에서 대학교 초반인 17세에서 22~23세 때 어느 정도 결정이 난다고 볼 수 있습니다.

따라서 이때 운이 나쁘면 인생의 많은 부분을 그르치게 됩니다. 현실은 빠르게 변화하므로 학교 졸업 후 몇 년만 지나도 이력서를 낼 수가 없습니다.

나중에 오는 운은 별로 소용이 없습니다. 인생은 여러 갈림길이 있다고 합니다. 이젠 그 갈림길이 점점 줄어듭니다. 현대는 우리를 정해진 어느 한쪽으로만 내몰고 있습니다. 마치 궤도를 이탈할 수 없는 기차 같이 무서운 속도로 달려야 합니다.

그러나 중간 역이 있듯이 여러 상담자를 중심으로 살펴보면 대체적으로 35세 전후에 한두번, 50세쯤에 한 번 정도 직업 전환

의 기회가 옴을 알 수 있습니다. 그래서 인생에는 기회가 세 번
은 온다는 말이 생긴 것 같습니다.

초년의 부족한 운이나 경험 부족으로 직업에 대해 후회하시
는 분은 다시 오는 운에는 정확한 판단과 용기로 기회를 놓치지
않길 바랍니다. 늘 준비하는 사람만이 누릴 수 있는 특권이라는
사실도 잊지 마십시오.

? 직업에는 귀천이 있습니까?

답 거의가 없다고들 말합니다만, 사람들 머리 속에는 아직도 업신여기는 직업이 있습니다. 경기불황 이후로 많이 희석되었지만 동양적 사고 방식의 뿌리는 너무도 깊어 없어지기까지 상당한 시간이 소요될 것 같습니다. 체면 위주의 사고 방식이 망국병임을 아는 사람은 다 알지요. 심지어 차가 크면 타고 있는 사람도 훌륭한 사람으로 생각하는 것이 우리들입니다.

이제는 권력이나 돈보다는 직업에 양심이 있는가 없는가를 가지고 귀천을 따질 때입니다. 도둑을 미화하는 것은 아닙니다만 한 예로 도둑 가운데 의적도 있습니다. 그리고 대통령이란 말에도 독재자라는 호칭이 붙을 수 있습니다. 이것이 직업의 귀천이 되어야 합니다.

사회 각계 각층의 비리를 우리는 방송을 통해서 매일 접합니다. 높을수록 잘 보이듯 지위가 높을수록 비리도 커지는 법이죠.

길이 아니면 가지 말라 했습니다. 깨끗한 사람도 굴뚝에 들어갔다 나오면 몸이 더러워지듯이 권력이 있는 자리이고 보면 유혹이 많을 수밖에 없고 떨쳐버리는 것도 대단한 의지가 아니면 힘들겠죠.

천시하는 직업을 부정을 저지르는 사람에게 돌린다면, 욕먹더라도 높은 자리에 앉기 위해서 출세해 보겠다는 사람이나 거짓말을 많이 하는 일부 유명 정치인은 생기지 않을 겁니다. 천한 것은 분수를 모르는 것입니다.

직업의 귀천이 없어지고 성실하게 일하는 모습을 아름답게 느낄 때 우리가 바라는 사회가 되겠지요.

우리 사회에 거품이 많이 없어지고 있는 것이 얼마나 다행인지 모르겠습니다. 아직도 양반 사회의 인습이 남아 있는 것인지 얼마 전까지만 해도, 상담자에게 운이 안 좋으니 마음 편히 먹고 수양 삼아 막일이라도 하든지 포장마차라도 하라고 하면 얼굴색이 금방 변하는 손님들이 많았는데, 지금은 누구나 풀빵장사라도 하겠다고 나서 그 정신이 좋다고 생각합니다.

명문대를 졸업하고 증권회사에 다니던 서른아홉의 중년은 노는 것이 더 괴롭다며 커피 자판기 영업 사원을 한다고 찾아왔습니다. 그로부터 몇 달 후에는 신수가 좋아져서 하는 말이, 자판기를 팔다가 연줄이 되어 스티커 사진기를 팔게 되었고 지금은 상당히 재미를 보고 있다고 했습니다. 더 나아가 그는 수입사업까지 알아보고 다닌다며 그 사업의 성패를 물으러 왔던 겁니다. 앉아서 백날 생각하는 것보다는 뛰면서 생각하면 기회는 분명히 온다는 이치랄까요. 한 가지를 하면서 계속 노력을 하면 다음 단계가 보이고 그 인연으로 발전을 하게 되는 겁니다. 시작이 반입니다.

풍수란 무엇입니까?

 풍수에 관해서는 요즘 한창 유행하고 있고 많은 이
들이 연구, 강연할 기회가 많으니 일반인들도 상식
의 선을 넘어 해박한 지식을 가지고 있는 사람이 많
습니다. 쉽게 말해 풍수란 자연과 친하게 어울리는 방법을 연구
하는 겁니다.

사람들이 아파트에 살 때는 모르는 사람이 찾아 왔을 때 문 열
어 주길 꺼립니다. 그러나 시골에 살고 있다면 마당 평상에 앉아
물 한 그릇 얻어 마시는 사람과도 몇 마디 나누는 사이가 됩니
다.

사람은 환경에 따라 생각과 행동이 다릅니다. 그래서 사람이
편하고 가장 사람답게 사는 방법을 연구하게 된 것이 풍수입니
다. 산과 들녘, 바람과 물, 비, 햇빛 등과는 농경사회나 산업사회
나 변함없이 일정한 관계이기 때문입니다.

따라서 풍수의 뜻은 그 이상도 이하도 아닌 겁니다. 풍수를 너

무 대단하게 생각하거나 비하하는 것은 본래 뜻과는 다른 엉뚱한 결과를 낳을 수 있습니다. 이 점은 풍수하는 분이나 공부하는 이들이 주의해야 합니다. 칼을 가지고 맛있는 요리를 하는 사람도 있고 그것으로 사람을 해치는 이도 있게 마련입니다.

풍수가 본래의 뜻을 벗어나 사용되는 예 중에는 음택(산소 자리)에 대한 것이 많습니다. 얼풍수의 말만 믿고 자신만 명당을 차지하기 위해 산을 마구 훼손하는 어리석은 이들이 많은 것도 현실이구요.

우리 선조들은 정원을 꾸며도 서양의 대칭형이나 중국, 일본처럼 인위적이지 않게 자연 친화적으로 본래 있던 돌과 나무를 그대로 살려서 만들고 생활하였습니다. 그리고 모든 자연물에는 인간과 같이 감정이 있다고 믿어 나무와 돌 등에 빌기도 하였습니다.

과학적으로도 식물에 감정이 있음이 증명되었습니다. 계곡의 멋있는 돌을 중장비로 파헤치고 그 돌을 자신의 마당에 놓는 발상이 있는 한 망국적 풍수는 계속될 겁니다.

풍수를 바로 알아야 합니다. 올바른 풍수는 자연을 지배하는 것이 아니라 자연에 귀속되는 겁니다. 흙에서 왔으니 흙으로 돌아가야 하기 때문이지요.

명당은 존재합니까?

명당은 있습니다. 우리들이 빈 버스나 지하철을 탈 때 대개의 사람들이 먼저 앉으려는 자리가 있듯이 말입니다. 또 아파트에는 로얄층이라는 것이 있지요.

극장이나 공연장에 가면 특석이 있듯이 우리가 사는 땅에도 사람을 편하게 하는 환경 조건의 터가 있고 묻히면 좋은 땅이 있습니다. 다만 살아가는 동안의 집터를 잘 고르기 위해서라면 어느 정도의 관을 가지고 스스로 공부하거나 전문가인 지관에게 부탁할 수도 있습니다.

돈이 많은 사람이라면 으레 보기 좋은 곳에 별장 같은 집을 짓고 살려고 합니다. 그곳이 꼭 명당이라는 보장은 절대로 없지만 말입니다. 하여튼 묏자리만은 그렇지 않으니 타고난 복이 있어야 명당을 차지한다고 봅니다.

명당을 돈으로 사고 팔 수 있다고 생각하는 일부 지관이나 돌아가신 조상 덕에 잘 되어보겠다는 욕심이 만나면 절대 하늘이 명당을 허락하지 않습니다. 그보다는 오히려 갠지스강에 화장한 재를 뿌리는 사람들이 더 나은 명당을 찾은 것으로 보고 싶습니다.

큰 산, 작은 산 할 것 없이 포장 도로에 터널 등이 생기면서 산이 깎이고 지맥이 끊겨 나가고 있어 진짜 명당 찾기는 사실 하늘의 별 따기입니다. 우물 안이 제일 큰 줄 아는 개구리처럼 단편적인 모습만을 보고 실수를 범하게 될 수도 있습니다.

시장과 학교, 직장이 가깝다면 살기 좋은 곳이 되듯 묏자리도 찾아가기 쉽고 흙이 좋아 잔디가 잘 자라면 됩니다. 마음을 비우고 보면 명당이 보일 것입니다.

대기업 임원으로 있다가 퇴직한 부부가 찾아와 북한강변 쪽에 땅이 있어서 전원 주택을 지을까 하는데 어떻겠느냐며 이사해도 되겠는지를 물었습니다.

자세히 알아 보니 바로 앞이 강이요, 뒤는 큰산이라 경치가 그만이라고 합니다. 자신들은 10년 전부터 집을 지으려고 사두었다는 겁니다. 필자가 "왜 궁궐을 한강 앞에다 짓지 않았는지 아십니까?" 하고 물으니 대답이 없어서 이렇게 설명해 주었지요. "큰 강에는 압구정같은 정자를 두고 가끔 놀러는 가지만 어부들 외에는 살지 않습니다. 큰물과 너무 가까이 살면 물안개나 습기로 인해 호흡기가 나쁘기 쉽고 관절이 약해지며 정신적으로도 지나친 상념에 빠지기 쉬우므로 그러한 곳은 별장이나 식당 등 영업용으로는 괜찮으나 몸담고 살기에는 좋은 조건이 아닙니다." 그러면서 그분들께 이사를 포기하시길 권했습니다.

큰 강이나 기암 괴석의 산이 있으면 그 또한 악살이 많으니 주의해야 합니다. 화려한 버섯은 독버섯이 많고 장미는 가시가 있습니다. 명당은 사람들이 많이 살고 있는 아늑한 곳입니다.

"올봄에 조부의 묘에 봉분을 다시 했는데 그것이 잘못된 것인지 며칠 전에 아들이 실직했습니다. 자세히 좀 살펴주십시오." 그래서 그분 아들의 사주를 보니 분명 실직할 운이라 오죽하면 아들 걱정에 별 생각을 다할까 싶었습니다.

하여 필자는 "요즘은 많은 사람들이 실직을 하니 걱정 마십시오. 묘를 잘해주어서 할아버지의 도움으로 곧 다시 취직이 됩니다. 돌아가셔서 한 달만 기다리십시오" 하고 안심을 시켰더니, 아들이 한달 후에 다니던 은행에서 일 년 계약직으로 다시 일한다는 얘기를 해주려고 노부인이 찾아 왔습니다.

까마귀 날자 배 떨어진다고 만약 실직이 묘 탓이라고 생각하거나 다른 곳에서 얘기를 듣고 또 묘에 손을 썼다면 진짜 큰일날 뻔했습니다. 이럴 때에는 모르는 것이 약이구나 하는 생각도 듭니다.

영향을 받을 수도 있고 아무 영향도 안 받을 수도 있습니다. 우린 모두 부모님의 인상과 습성, 심지어 목소리나 식성까지 닮았습니다. 또 우리의 부모님은 조부모를 닮아 왔지요, 그래서 족보라는 게 생기고 가풍이라는 것이 있게 되나 봅니다.

우리들은 보통 부모님이 돌아가셔도 자신의 어린 시절과 또 부모님의 생전 모습을 기억하고 있습니다. 그 과거를 기억하고 있는 한은 그분들도 역시 존재하는 것과 다름없는 것이기에 우리와 조상은 영혼으로 가깝게 연결되어 있습니다.

돌아가신 분 또한 살았을 적의 좋은 일 나쁜 일 등에 집착하는 마음이 있어 자주 이승에서의 생활을 돌아보게 되는데 그때 흙이 되어버린 자신의 육신을 그리워하며 찾게 되고 그 육신이 땅의 좋은 지기를 받으면 다행인데 그렇지 못하면 그 잘못된 부분을 자손에게 알리려 하게 됩니다. 이때 자손이 불편한 일이 생길 수 있습니다.

예를 들어 고향에 부모님이 건강히 잘 계신 것을 알고는 열심히 일할 수 있지만 고향 부모가 병환으로 고생하고 계시거나 하면 하루가 멀다하고 찾아가야 하는데 생업 때문에 그러지 못하겠지요.

그러나 불효자거나 또는 고아는 전혀 신경을 안 쓰므로 이러거나 저러거나 별 차이가 없습니다. 즉 부모 묘가 어떻든 전혀 관심이 없고 부모에 대해 전혀 기억이 없는 사람은 영향이 없다는 겁니다.

그리고 돌아가신 부모가 이승에서의 삶에 집착하지 않고 모든 인연의 무상함도 아는 비범한 정신을 가진 분이었다면 산 짐승이나 바다의 고기밥이 되었다 해도 자손에게는 아무런 끈이 없으니 그 해도 없습니다.

밤이 됐다고 모든 사람이 다 잠자리에 드는 것은 아닙니다. 유난히 좋고 나쁜 기운을 받는 자손이 있습니다. 정성을 다해 모시는 것은 꼭 실천해야 하지만 꽃도 시들게 마련이고 달도 차면 기우는 법, 누구나 언젠가는 왔던 길로 떠나야 하는데 모든 면에서 지나친 집착은 살아 있는 사람들 스스로를 얽매이게 하는 위험한 것임을 인식해야 합니다.

**사무실이나 집의 실내에서 가구 배치가
운에 영향을 준다는데 사실입니까?**

집이나 사무실에서 책상이나 장롱을 옮기면서 꼭 물어보고 싶어하는 사람들을 보았습니다. 그러한 학설의 근거는 사주에 있는데 오행 중에서 보약이 되는 기운을 가리키지요. 이를 역학에서는 용신(用神)이라 합니다. 그 용신이 목(木)이라면 목의 방향인 동쪽을 보고 앉아 있으면 좋다는 것이지요.

필자 역시 사주의 용신이 목인데 동쪽의 반대인 금(金)에 해당하는 서쪽을 보고 앉아 상담을 합니다. 사무실 구조상 어쩔 수 없이 문을 등지고 앉는 것이 되기 때문입니다. 좋은 방향에 가구가 배치되면 좋겠으나 안 그렇다고 크게 걱정할 필요야 있을까 싶습니다. 방에는 아랫목이 있고 사무실에도 누구나 어떤 자리가 중심이 되어야 하는지 창문이나 입구를 보고 알고 있습니다. 지나치게 따지는 것은 학문의 차원을 넘어 사람을 구속하는 것이 됩니다. 적당히 응용하는 지혜가 필요합니다.

100

본인의 상담실은 남쪽으로 창이 있고 서쪽으로 문이 나 있습니다. 문쪽을 향해서 사무실이 길게 있으므로 책상이 서쪽을 봐야 하는데 문을 열자마자 정면으로 책상이 보이고 사람이 보이는 것은 그 사람의 기가 노출되고 재물이 도탈될 위험이 있기 때문에 서쪽 문을 사용하지 않고 북쪽의 문을 내어 옆에서 들어오게 합니다. 여기에서 필자는 남쪽을 봐야 하는 사주이지만 사무실 구조상 어쩔 수 없습니다.

아파트에서는 더욱 그러한데 현관을 열게 되면 화장실 문이 정면으로 보이는 경우가 많습니다. 특히 변기에 앉은 모습이 바로 보일 때에는 그 집 여성들의 기운이 강해져서 여성이 가장으로 변화하게 되는데 간혹 그 집의 여성을 넘보는 남자가 있게 되어 가정이 흔들리게 됩니다. 안방에 화장실이 있는 것은 환기의 문제도 있고 편두통을 일으킬 수도 있습니다. 이 역시 개인의 의견보다는 기본 구조로 생긴 것이므로 변경은 어려우며 화분이나 중문 등으로 가리는 것이 좋습니다.

집밖의 정원처럼 집안에도 자연의 이치를 가미하여 생각하면 부족한 부분을 막을 수 있는 방법이 있을 것입니다.

묘의 이장이나 개 · 보수는 윤달에만 해야 됩니까?

답 그렇지는 않습니다. 윤달은 공달이라 하여 득도 없고 해도 없으므로 널리 쓰일 수 있으나 윤달이 들어 있는 해라고 해서 무조건 이장이나 보수를 하지 말고 좀더 확실히 따져보고 해야겠습니다.

원래는 두 가지 방법이 있는데 행사하려는 해와 돌아가신 분의 출생 연도와의 관계를 보는 것으로 그 해와 출생년의 육십갑자가 납음오행으로 서로 생이 되면 이장 등에 좋은 해이고 극이 되면 흉한 해입니다.

또 다른 방법은 묘의 앉은 방향으로 하여 따지는데 위와 같은 방법들은 연초에 발행하는 민력이나 택일력을 보면 일반인도 쉽게 볼 수 있도록 도표로 잘 나타나 있습니다. 윤달이 든 해라 하여도 전문가에게 의논하여 하는 것이 좋습니다.

도사 또는 유명 점집, 컴퓨터 점

? 도사는 있습니까?

답 예전엔 선생님이라는 말이 삼 정승보다 높은 말이었다고 합니다. 그러나 이제는 사모님이라는 말도 누구나 쓰다 보니 별의미가 없어지고 말았듯이 도사라는 말은 아주 흔한 말이 되었습니다. 심지어 놀음만 잘해도 고스톱 도사라고 부를 정도니까요.

점을 잘 친다는 도사, 대통령이 나올 명당을 안다는 도사, 땅속이나 귀신을 볼 수 있다는 도사 등 많은 사람들이 우후죽순으로 매스컴을 통해 소개됩니다.

진짜 도사란 깨달음을 얻지는 못했다 해도 여러 가지 신통력을 가진 사람을 말합니다. 그런 사람이 왜 없겠습니까. 다만 가짜가 많고 예전처럼 지팡이 하나에 의지하여 천리 길 만리 길을 걸어다니며 시냇물과 솔잎을 먹으면서 자연을 벗삼아 공부하던 선인들의 시대는 이미 오래 전에 사라지고 고급 승용차에 보약 먹으며 따뜻하게 앉아 물질의 풍요를 누리는 도사들이 있는 시대에 진짜 도사가 있을까 의문을 가져야 합니다.

이 시대에 진정 눈으로 보이는 도사는 없습니다. 한 예로 산 기도하는 종교가 많이 있는데 조금만 기운이 약한 사람은 산기도 며칠 만에도 귀신의 말이나 형체를 볼 수 있는데 그 정도만 가지고도 웬만큼 특이한 일을 할 수 있습니다. 그들도 추종자를 쉽게 만듭니다.

예수님 같은 성인도 살아 생전에는 박해를 받았습니다. 현실의 물질적 욕심을 내는 도사를 잘 골라내야 하는 겁니다. 눈앞의 이익만 좇는 자칭 도사도 많아졌습니다.

남보다 앞선 재주를 가지고 있다고 도사가 된다면 박찬호도 도사이고 연기 잘하고 노래 잘하는 연예인도 도사님이라 불려져야 합니다. 차라리 우리가 모두 남과 다르게 나은 점이 한 가지씩 있게 되니 자신을 도사라고 생각하면 틀림이 없습니다. 그러므로 찾을 필요도 없습니다. 진정한 도사들은 자신이 알려지는 것을 원치 않기 때문입니다.

도인은 하늘의 이치를 살펴 스스로 걸림이 없이 살기를 원합니다. 그리고 그 틈새를 파고들어 무소유를 말하는 사람도 있습니다만 자신은 세상 사람들을 소유하고 그들이 자신을 소유해주길 바라며 무수한 말들을 책이나 언론을 통해 발표합니다.

진정한 무소유는 자신의 존재 자체도 잃고 사는 사람입니다. 아니면 자신을 희생하여 불우한 어린이와 노인들을 돌보는 이들이 진정한 이 시대의 도인이며 소유를 모르는 현자입니다.

50대 유부남과 40대 이혼녀가 마땅히 할 일도 없고 해서 점만 잘 보면 큰 돈을 벌 수 있다는 생각에 둘이 지리산의 굿당으로 기도라는 걸 하러 갔습니다.

5일 정도 기도를 한 낮이었습니다. 여자가 먼저 하늘에서 할아버지 한 분이 구름을 타고 내려오는 것이 보이더라는 겁니다. 그때부터 여자는 사람만 쳐다 보면 그 사람의 앞일을 알 수 있을 것 같고 그 사람의 조상이 옆에 있는 것이 보 이는 것이었습니다.

이런 신통력이 생겼으니 그 날로 서울 집으로 돌아와 남자와 같이 선전도 하 고 영업을 시작했는데 두 달도 못 가서 그 능력이 사라지고 맹숭맹숭해지는 겁 니다.

그렇다고 이제 와서 그만둘 수도 없는 처지여서 다시 그 산을 찾아보지만 이 제는 끝난 일이고 하여 그 때부터는 완전히 사기를 치며 부부도사로 행세를 하 는 겁니다.

그 과정과 정도의 차이는 있어도 돈을 쉽게 벌 수 있다는 유혹에 자신의 영 혼을 파는 현대판 파우스트가 너무 많으며 모두 자신의 고행과 수련을 통하지 않고 산에서 어떻게 하여 10년 내지 20년 수도의 도사로 둔갑을 하니 한심한 일입니다.

지금도 산을 찾거나 하는 수많은 종교인들이 모두 헛된 귀신의 거짓 신통에 영혼을 파는 일이 계속되는 한 그들에게 피해를 볼 사람들이 늘어만 가는 게 안 타까울 뿐입니다.

철학관과 무당집은 어떤 차이가 있습니까?

답 두 곳 모두 앞으로의 운세를 묻는 것에는 차이가 없습니다. 다만, 그 운명을 아는 방법에서 철학관은 음양오행론 즉, 역학에 근거하여 미래를 예측하는 반면, 일명 무당집은 신을 몸주로 하여 그 신의 능력에 의지하여 운세를 봅니다. 그러다 보니 무속인은 철학관에서 못하는 굿도 하곤 합니다.

철학관의 장점은 그 운세를 간단하고 평이하게 예측하여 크게 벗어남이 없어 틀린다 해도 어느 집이나 비슷하게는 본다는 것이고 단점은 그 운세의 결과를 얘기할 뿐 해결 방법은 제시할 방도가 없습니다. 그 방법이라는 것이 개명이나 부적 등입니다.

무속인의 장점은 신이 가르쳐 주다 보니 말 그대로 귀신같이 맞출 수 있다는 겁니다. 그리고 그 해결 방법도 굿으로 제시합니다. 단점은 신도 인간의 감정과 똑같아 언제나 그렇게 신통하게 가르쳐 주는 건 아니므로 잘 맞추는 때와 그렇지 않은 때가 확실히 구별되며 돈이 많이 드는 굿 등에 적잖은 부담을 안게 됩니다.

대체적으로 궁합, 택일, 작명은 철학관이 우세하고 질병, 묏자리, 집터 관계, 개업 고사 등 축원 관계는 무속인이 낫습니다. 그 외는 개인에 따라 다릅니다.

요즘은 철학관에서도 신당을 모셔두고 신도를 만들어 나가는 사람도 있고 무속인들도 철학관 간판을 거는 이들이 느는데 상담자들이 더욱 혼란을 겪고 있습니다. 그것은 손님들 입맛에 맞추려는 상술입니다.

하여튼 인연 있는 집에서 물어보시되 그 차이점을 확실히 아시기 바랍니다. 한 예로 간혹 돌아가신 조상에 대해 묻는데 그것은 무속인이 대답할 사항이라 그 쪽을 찾아가야 좋은 대답을 듣게 됩니다.

의외로 잘 구분 못하는 상담자가 많습니다. 어떻게 보면 그것은 역술인과 무속인의 잘못이기도 합니다. 만물 박사 흉내를 냈기 때문이지요. 모두 같이 반성해야 합니다. 서로의 장점을 인정해야 한다고 봅니다.

유명한 점집이 정말 잘 맞춥니까?

답 얼마 전 모 방송국 PD라는 이가 유명한 철학관이나, 무속인을 소개하는 책을 펴낸 것을 광고에서 봤습니다. 잡지나 방송에 자주 나오는 사람들이지요. 언론이란 것이 세인들의 관심 가는 곳을 따라 가게 마련이겠지만 지난 대선에서는 당선자를 맞추는 문제로 그 유명하다는 무속인이나 역술인이 맞춘 당선자를 대단한 것처럼 과장보도하는데 실소를 금치 못했습니다. 국민의 50퍼센트가 맞춘 당선자를 말입니다.

소문난 잔칫집에 먹을 것이 없다고 하는 평범한 진리를 알아야 합니다. 자신이 하늘의 진실한 소리를 들을 운이 된다면 길가에서 새점을 쳐도 올바른 얘기를 들을 것이요, 그렇지 않다면 유명한 점집에서도 엉터리로 듣고 나올 것입니다.

상담중에 그러한 예를 많이 접하게 됩니다. 그것은 누구의 탓도 아니고 하늘의 법칙입니다. 올바른 마음만 있다면 주위의 선배 또는 부모님의 말만 듣고도 좋은 판단을 내릴 거라 믿습니다.

그리고 누구나 모든 사람을 다 맞출 수는 없는 법, 10명 중 9명을 맞추는 것이 점이라면 하루에 한 명만 보는 사람은 일년에 36명에게 죄를 짓고 하루 열 명씩 감정하는 사람은 365명에게 죄를 지으니 하늘이 없다면 모를까 많이 점치는 사람일수록 점 보는 생명이 짧게 됩니다.

소문이 났다 하면 이미 늦었다고 봐야 합니다. 큰 교회 목사가 교회가 큰 만큼 작은 교회 목사보다 신앙심이 깊은 것은 아니지 않습니까.

인연 따라 만나는 이치가 점집을 찾는 이에게는 꼭 해당됩니다. 돈 욕심 많은 곳에는 돈 많이 벌게 해 달라는 사람들이 많이 가고 인기를 좋아하는 집에는 정치인들이 많이 가겠지요. 유유상종입니다.

소문을 내는 사람일수록 조금만 안 맞아도 미신이라고 떠벌리고 다닙니다. 다시 말하면 소문이 난 데에는 그만한 이유가 있겠지만 그것이 앞서의 설명과 같이 꾸준하다는 보장이 절대로 없습니다. 점이란 운명을 보는 것인 만큼 서로 좋은 기운의 인연이 만나야 한다는 겁니다.

컴퓨터로 알아내는 점이나 오늘의 운세는 어느 정도 믿을 수 있습니까?

답 사주 팔자 외에 사람의 운명에 영향을 주는 요소는 아주 많습니다. 환경의 지배를 받고 있는 지구상의 모든 생물과 같이 인간도 태양과 물과 공기의 혜택을 받으며 삽니다. 따라서 살아가는 주위의 환경과 만나는 사람, 그리고 가족관계 등의 영향력으로 변화가 많습니다.

똑같은 밭에 같은 무씨를 뿌려도 똑같은 무를 찾을 수는 없습니다. 하물며 마음을 가진 인간이 같은 날 태어났다고 다 똑같은 모습으로 살지는 않습니다.

그래서 사주와 그 사람의 현재 상태를 참고하여 보다 근접하게 상담하게 되는데 여기에는 그 사람의 몸에서 나오는 기운이나 마음을 참고로 합니다.

이러한 면담 형식의 상담도 간혹 오차가 있는데 컴퓨터나 불특정 다수인 띠별로 보는 오늘의 운세는 말할 것도 없지요. 전체적인 근접성은 있으나 각 개인을 맞추기에는 한계를 가질 수

110

밖에 없습니다.

만약 이러한 사주 방법이 맞는다면 몇몇 자신 있다는 사람들이 모여 5만여 가지의 사주를 입력해 놓으면 전세계 인구가 태어나자마자 앞으로 살 운명을 책 한 권 분량이면 다 볼 수 있습니다. 하기야 평생 사주를 담은 책이라며 돈을 번 사람도 있긴 하지만 그것은 책을 사는 사람들이 알아서 판단해야 한다고 봅니다.

요즘은 주요 일간지에도 오늘의 운세가 실립니다. 상담자 중에는 매일 여러 신문을 비교하는데 왜 전부 다르게 나오는 것인지 궁금해합니다. 물론 '재미로 보는'이란 말을 넣지만 활자나 특정 매체를 이용해서 돈을 벌려는 이들이 각성하지 않는 한 선의의 피해를 보는 이들의 원한이 그 글을 싣는 이들에게 좋지 않은 영향이 될 겁니다.

사람들은 생각보다 아주 작은 것으로도 마음이 움직일 수 있는데 예를 들어 사업을 시작해야 하나 말아야 하나를 고민하던 중 우연히 신문의 운세란에서 귀인이 도와주고 큰 이득이 있겠다는 글을 보고 투자를 했다가 사기를 당해 고전하는 사람도 있습니다.

특히 미성년자들도 쉽게 접할 수 있으므로 이 문제는 사회적 차원에서 다루어져야 한다고 봅니다. 그러므로 컴퓨터 운세나 오늘의 운세는 없어져야 한다고 봅니다.

역학의 저변 확대라는 차원을 넘어 나약한 청소년과 역학을 이해하기도 전에 먼저 오락화하는 경향이 더욱 많기 때문입니다.

운명 상담은 전화든 컴퓨터든 일대일 상담이 바람직한 방법입

필자도 가끔 PC통신에서 컴퓨터 점은 어떠한가 궁금하여 접속을 해보곤 합니다. 필자의 사주를 넣고 보면 비슷하게 나오는 경우도 있고 전혀 다르게 나오는 부분도 있고 하여 학문적으로 상당히 접근했다는 것을 알 수 있었습니다. 문제는 아 다르고 어 다르다고 조그마한 오차가 사람의 인생에 대단한 영향을 끼칠 수 있어 우려가 됩니다.

보험회사에서 서비스로 뽑아 준 일년 운세를 들고 와서 하는 말이 역학도 통계라고 하는데 왜 안 맞느냐고 따지는 사람이 있었습니다. 그 운세에는 금전운이 좋아 계획하는 것이 모두 잘 된다고 했는데 얼마 전에 속옷 가게를 냈다가 계속 적자만 보고 있다는 것이었습니다. 그 사람은 왜 글로 풀어서 보는 것이 여기 철학원에서와 다른지 따지는데 막무가내인 그 사람에게 설명을 하느라 혼이 났습니다.

이 학문은 통계가 아니라 수학과 같이 일정한 공식에 의해 풀어 보는 것이며 거기에 개개인의 환경이라는 변수가 있으므로 같은 사주라도 다를 수밖에 없기 때문에 컴퓨터 점은 근접은 해도 정확성에서 상당히 떨어질 수밖에 없음을 설명했습니다.

112

전생은 있습니까?

전생은 있습니다. 윤회를 한다는 겁니다. 기독교에서는 죽으면 천당과 연옥, 지옥이 기다리고 있어 심판을 받은 뒤에는 다시 태어나지 않는다고 가르칩니다. 그러나 사람은 어떤 원인으로 이루어지는 것이든 다시 태어날 수 있습니다. 영혼은 불변하고 육체와 환경을 바꾸는 겁니다. 대개가 전생에 못다 이룬 한 또는 원을 가지고 있기에 태어나는 것 같습니다.

장례식에서는 으레 고인을 향해 한결같이 고생스러웠던 세상은 모두 잊어버리고 좋은 곳으로 가라고 마음으로 빌어 줍니다.

모두 추억을 가지고 살듯이 난생 처음 보는 사람이나 장소가 아주 오래 전에 본 듯한 느낌을 받은 기억을 가지고 있을 겁니다. 모든 진리는 자연에 있다는 사실을 믿고 조용히 관조한다면 쉽게 윤회의 의미를 알 수 있습니다.

우리 일상 생활 속에서도 하늘의 달은 30일이면 어김없이 본래의 모습이 됩니다. 저 들판의 무수한 풀은 죽은 듯 있다가도 봄이 되면 일제히 싹을 틔웁니다. 지구는 낮과 밤이 계속 바뀌고 있습니다. 끝은 곧 시작이라는 등식이 성립하는 것입니다.

죄인을 다루는 법에서도 재심이 있듯이 윤회는 어쩌면 사람을 위해 여러 번의 기회를 주어 더욱 착해지기를 바라는 하늘의 뜻인지도 모르겠습니다. 윤회를 믿고 더 좋은 곳에 태어나길 바라며 노력하는 삶이 필요할 것 같습니다.

어디서 들었는지 자신의 전생은 무엇이었다고 말하는 경우가 많습니다. 특히 일부이긴 하지만 스님들에게서 들었다고 하고 신도들 중에서도 기도를 많이 하여 알게 되었다는 사람이나 그 외 도통했다는 사람들에게서 들어 가지고는 그것이 자신의 전생인지도 모른다고 믿는 겁니다.

그런데 거의 다 전생은 지금보다는 훨씬 좋은 직위에 훌륭했었다는 것이 비슷하고 무슨 원한이나 잘못으로 현재에 이르렀다는 등이 같습니다.

어느 40대 여자가 하루는 심각한 표정으로 찾아와, 자신의 전생은 장군이었는데 임진왜란 때 전사를 했고 그 공이 없어 한을 가지고 있다가 어찌해서 여자의 몸으로 태어났다는 것이었습니다.

그 중년부인은 본래의 그 기질과 싸우고 싶은 욕구가 남아 있어 남들이 싸우는 것도 그냥 지나치지 못하고 간섭을 잘 하였습니다. 남편도 이기려고만 하고 더욱이 남자에게 관심이 없으니 살기가 힘들다고 합니다. 남자들처럼 살았으면 좋았을 걸 이제는 여군이나 경찰도 될 수 없으니 어떻게 하면 좋겠습니까, 하고 말하는데 말하는 본인도 그럴 것 같다며 굳게 믿는 것 같았습니다.

그래서 하나하나 따져 나가기로 했습니다.

먼저 말을 탈 줄 아는가를 물으니 타본 적은 없지만 말은 왠지 무섭게 느껴진다고 합니다. 무술 영화를 좋아하는가 물으니 사극이나 서부영화는 좋아하지만 그래도 애정영화를 많이 보며 특별히 무술 운동을 한 기억은 없다고 했습니다.

사람은 무의식중에 전생의 습관이 남아 있게 되는데 필자의 경우는 제주도에 여행을 가서 처음으로 말을 타는데 그 곳 관리인이 "말을 많이 타보셨네요" 하고 말을 했습니다. 저 자신도 말은 배우지 않았음에도 쉽게 내 마음대로 탈 수 있다는 생각을 항상 하고 있습니다.

부인의 사주를 보니 괴강격(몹시 강한 사주로 남녀를 불문하고 고집이 세고 특히 여성일 경우에는 부부 풍파가 많습니다. 또한 매우 활동적이라 살림만 하는 여성은 거의 없습니다)이며 과숙살까지 있어 전생을 들먹이지 않아도 몹시 힘들고 성격이 다혈질인 사주의 살까지 있는 겁니다.

결론을 내리길 "이상한 소리에 신경 쓰지 마시고 전생이야 어떻든 옛날 장군처럼 마음을 넓게 쓰며 주위 사람을 이해하시고, 매사 적극적으로 전쟁터에 임하듯하며 급한 성격을 계속 가지면 큰 일을 할 수 없으니 성격도 고쳐서 사소한 일에는 무관심하십시오" 하고 상담을 했습니다.

현재란 과거의 축소판입니다. 해바라기 씨를 심은 곳에서 코스모스가 나오지 않습니다. 자신은 전생 그대로의 모습입니다.

? 전생을 알 수 있는 방법은 있습니까?

답 특별한 방법은 없습니다. 다만, 현재는 과거가 모여 서 된 것이고 미래 또한 현재의 결과이므로 현재를 잘 살펴보면 전생을 어렴풋이 추론할 수 있겠지요. 또는 도를 닦은 사람만이 과거를 알 수 있는데 그렇지 않은 사 람이 타인의 전생을 꿰뚫는 듯이 얘기하는 것은 거짓이거나 아 니면 좋은 의미로 교훈을 주기 위해 꾸며낸 얘기입니다. 그냥 개인의 느낌을 여과 없이 말하는 것이지요. 전생의 비밀이 그렇 게 쉽게 풀리지 않는 것은 하늘의 법이 호락호락하지 않기 때문 입니다.

최면술에 의해 전생을 알 수 있다는 것이 한때 유행하기도 했 는데 인간의 영혼은 실제 경험했던 것처럼 전생을 기억하곤 합 니다. 예를 들어 놀이 동산의 청룡열차를 보고 굉장히 무섭겠다 고 느꼈다면 타보지도 않고 늘 무섭다고 생각합니다. 청룡열차 라는 말이나 글을 보고도 그 무서운 감정과 모습이 화면으로 순식간에 떠오르게 되지요.

인간의 신비는 정말 오묘합니다. 보이는 육체도 아직 풀리지 않아 난치병이 계속되는데 보이지 않는 정신 세계는 더욱 어렵다고 생각하면 됩니다.

최면을 통해 전생을 본 사람들의 증언 중에는 과거의 기록과 일치하는 경우도 있습니다. 또한 인간의 마음속에는 헤르만 헤세의 작품에서처럼 두 개의 마음이 한 영혼 안에 있어 사물을 투시하는 능력이 과거의 한 시점을 볼 수 있습니다.

따라서 전생을 볼 수 있다고 믿는 어느 한 마음이 전혀 현실로서는 의식하지 못하는 과거를 투시하고 그 사실을 최면 속에서 기억해 냅니다. 물론 그 실험은 모든 사람이 아니라 일부의 사람들만이 반응을 보이는 것이지요. 백 퍼센트가 아닌 것은 과학적이라 하지 않습니다. 눈 감고 코끼리 코를 만져보고는 코끼리를 그릴 수 없습니다. 보편 타당한 방법을 찾아야 합니다.

전생을 알고 싶다고 하여 어머니 뱃속으로 들어갈 수 없듯이 우리가 육체를 떠나 영혼이 자유로워질 때에나 또는 성자가 되어 만사를 통달하면 혹시 모를 일입니다.

현재는 과거를 통해 나타납니다. 미래 또한 현재에 따라 달라집니다. 따라서 전생은 현재의 자신의 모습을 보면 됩니다.

망각이 있어야 사람이 살 수 있다고 생각되지 않습니까. 지금까지 살아온 아주 세밀한 것까지 모두 기억하려 한다면 우리 머리로는 당해내지 못할 것입니다. 잊혀지므로 해서 더욱 새로워지는 기쁨을 알 수 있고 그로 인해 전생에 연연할 필요가 없는 것입니다.

바람은 어디서 와서 어디로 가는지 묻지 않습니다. 또 알 수도 없고요. 둥근 공의 앞부분이 어딘지 확실히 아는 사람 있습니까? 정하기 나름이지요. 우리는 둥근 지구에 매달려 있습니까? 똑바로 서 있습니까? 만유인력에 의해 우리는 늘 서있는 것처럼 느낍니다. 이것이 전생입니다.

사주로 건강을 알 수 있습니까?

답 사주가 기운론이다 보니 그 기운을 보고 건강 상태를 알 수 있습니다. 지금은 의학의 발달로 쉽게 병을 알아 낼 수 있는 시대이고 한의학에서도 양, 한의학을 접목하여 더욱 치료 효과를 넓혀나가는 추세이니 만큼 사주로 건강을 물을 필요가 없어졌는지도 모릅니다.

실제로 병이 났거나 다친 사람은 병원을 찾아갑니다만 역학에서는 예방의학 차원에서 설명해 주고 있습니다.

가령 '목'의 기운은 신체의 간과 담, 눈에 해당하고 '화'는 심장과 소장, 혀, 혈관 등이며 '토'는 위와 비장이고 '금'은 폐, 대장이며 '수'는 방광과 신장에 속합니다.

그런데 사주에 토가 지나치게 많다거나 없다거나 하는 이상이 있으면 그 사람은 소화기 계통이 약하게 태어난 것입니다. 운에 목 운이 토를 넘어서는데 금이나 화가 없어 이를 막지 못하면 위염이나 그보다 더한 병을 앓을 수가 있습니다. 따라서 그런 운이

왔을 때 식사 관계나 음주 등을 조심할 것을 일러주게 됩니다.

또한 사주에 주가 되는 기운이 다칠 때에는 교통사고 같은 상해 사고를 당하는 경우가 비일비재하여 미리 알려주는 역할을 합니다. 즉 타고난 병, 다시 말하면 누구나 신체적으로 약한 부위가 있다는 것을 알 수 있습니다.

한의학에서 최근 인기 있는 사상의학도 각 개인의 타고난 체질과 잘 걸리는 병이 있음을 밝히는 학문입니다. 사주는 오행을 가지고 인체의 특성을 보기 때문에 상당히 근접하여 감정합니다.

사주 감정에서 나타나는 건강 진단을 잘 활용하여 미리 예방하고 병원을 찾는 지혜가 필요합니다.

갑자기 아프거나 죽는 사람은 무슨 이유입니까?

답 산업 사회의 발달로 각종 재해가 많이 발생합니다만 사고로 인한 사망 말고도 이유 없이 자고 나서 죽는 경우가 종종 있습니다. 어느 상갓집이나 제사를 다녀온 뒤부터 아프거나 집을 신축하거나 개축한 뒤로 집안 식구 중에 우환이 생기는 등의 일들이 가끔 주변에서 벌어지는데 이는 우리들 머리 위로 떠도는 수많은 전파처럼 세상의 사기를 눈으로 볼 수 없어 생기는 결과입니다.

이 세상에는 낮과 밤같이 생기와 사기가 반반씩 공존합니다. 한 예로 시골에서 사람이 잘 빠져죽는 저수지가 있다는 소리를 들은 기억이 있을 겁니다.

교통사고도 나던 자리에서 계속 나는 경우가 있지요. 이는 모두 그곳을 맴도는 사기의 영향입니다. 간혹 혼령의 영향으로 보는 경우도 있으나 큰 의미로 우주의 블랙홀과 같이 생각하면 됩니다.

따라서 불의의 불행을 막기 위해 기도와 선행을 꾸준히 해야 겠습니다. 범죄자들은 어둠을 좋아하듯 나쁜 기운은 약한 사람이나 업이 많은 사람을 좋아하므로 스스로 강한 의지와 업을 닦는다면 하늘이 몸을 감싸주듯 탈없이 지낼 수 있습니다.

참고로 이 세상에는 사람들의 인구만큼이나 원한 귀가 많고 사람들의 집처럼 어떤 터를 중심으로 맴돌기도 하여 우리들은 터신이 있다고도 합니다.

예전에는 부엌을 상당히 소중히 하였는데 이를 조왕신이라 했습니다. 따라서 부뚜막을 고칠 때에도 함부로 하지 않았습니다. 그만큼 하늘과 땅, 그리고 사람을 일체로 보았기 때문입니다. 세상이 바뀌어서 시골도 점차 입식 부엌이 되는 때이고 보면 너무 지나치게 따질 필요는 없으나 무시할 수도 없다고 봅니다. 경외하는 마음이 형식에 앞서 자신을 지키는 것이라 봅니다.

그리고 사주상 특정 살이 있어 갑자기 죽는 경우가 있는데 재해나 인재 등 대형 사고로 많은 사람이 한꺼번에 희생되는 것은 신과 인간의 합작품이라고 봅니다.

특히 천재지변을 제외한 사고로 많은 사람이 희생되지 않도록 노력해야 합니다. 그리고 재해로 인한 사고 등 한꺼번에 많은 희생자가 모두 같은 팔자가 아니라는 것은 불가사의한 일입니다. 다만 추측컨대 전쟁중에 죽은 사람들의 환생이 우리 죄를 위해 순교했다는 예수님의 말처럼 세상의 죽고 사는 섭리를 대신한 희생일 수 있습니다. 인당수에 빠진 심청이 같은 신세라고 하면 쉽게 이해하실 수 있을 것 같습니다.

중년 부인이 얼마 전 돌아가신 남편의 사주라며 감정을 부탁했는데 이유인 즉 멀쩡하던 양반이 별안간 심장마비로 딴 세상 사람이 되니 자신의 팔자가 나빠서 그 사람이 그리 된 것인지 어떤지 속 시원하게 들어보고 싶어 왔다는 겁니다.

사주를 보니 명예도 있고 재산도 많은 팔자며 천수도 많이 남아 50 초반에 가기에는 아무래도 납득이 안 가는 좋은 사주였습니다. 본인도 의아해하며 돌아가시기 전의 상황을 설명해 주십사 하고 부탁했습니다. 그러나 특별히 이상한 것은 없다고 되풀이하여 말하는 겁니다.

이럴 경우에 육효점을 이용하여 살피게 되는데 점을 쳐보니 귀신이 동하여 명을 극하고 신(身)이 사(死)에 이르게 되는 겁니다. 그래서 최근에 죽은 사람과 관계되는 일, 즉 묘를 옮기거나 상갓집에 갔다 왔다거나 하는 일은 없는지 물으니 돌아가시기 이틀 전에 친구 모친의 상가에 다녀왔다는 겁니다.

그제야 사주에 상문살을 살피니 마침 올해가 상문 드는 해라 상갓집을 조심해야 하는 팔자였지요. 올해는 상갓집을 절대 출입하면 안 되는 해인데 모르고 갔다가 변을 당하게 된 것입니다. 사소한 부주의로 귀한 목숨이 갈 수 있는가 하고 의아해하는 눈치였으나 세상에는 풀기 어려운 신의 세계가 엄연히 존재한다는 것을 인정하지 않을 수 없는 경우였습니다.

? 자식 복이 있는 팔자가 따로 있습니까?

답 자식이 출세하고 못하고는 교육정도에 따라 좌우되기도 하지만 타고난 팔자에 있기도 합니다. 출세한 자식이라도 부모와 의절하고 사는 경우도 있고 가난하지만 부모 공양 잘하는 자식이 있으니 자식 복의 기준이 자녀의 출세에 있지만은 않습니다.

하여튼 자식의 출세와 관계없이 효자를 둘 복 있는 팔자가 사주에 나타납니다.

'무자식이 상팔자다' 라는 말처럼 자식에 대한 애착이 유독 강한 민족이기에 자녀에 대한 상담이 생각보다 많습니다.

그러나 여기에서 우리는 자녀에 대한 교육의 차이를 배제할 수 없습니다. 성공하는 자식을 만드는 것은 노력하면 되지만 효자, 효녀는 아무나 되는 게 아니라는 것을 자식을 키워 본 사람들은 공감할 것입니다.

태공은 '효어친(孝於親)이면 자역효지(子亦孝之)하고 신기불효(身旣不孝)면 자하효언(子何孝焉)이리요'(내가 부모에게 효도하면 내 자식이 또한 나에게 효도하나니, 내가 이미 어버이에게 효도하지 않는다면 내 자식이 어찌 나에게 효도하겠는가)라고 말했습니다.

똑같은 종자를 뿌려도 거두는 사람의 정성에 따라 수확이 다르듯 자식에게 모든 면에서 모범을 보인다면 화목하고 복 많은 부모 자식간이 될 겁니다.

팔자에 자식 복이 있으면 좋겠지만 없다고 해도 뿌린 대로 거두는 법. 구걸하는 이에게 돈을 주듯 용돈만 많이 주는 출세한 자식보다는 돈은 없어도 죽 한 그릇이나마 따뜻하게 올리는 자식을 더 좋아하는 것은 똑같은 부모 마음이겠지요.

자식 복 있는 팔자를 타고나지 못했다 해도 자신이 노력하여 자식에게 모범이 된다면 자식으로 인해 복을 받으리라 믿습니다. 그것은 팔자에 없는 것도 가능하도록 여유분을 남겨준 하늘의 뜻입니다.

낙태도 팔자에 있습니까?

예나 지금이나 자의든 타의든 유산이 있습니다. 요즘은 낙태가 유행인 듯이 여겨지기도 하지만 팔자에 자녀를 잃을 운수가 있어 그 운수에 인위적으로 이루어지는 것이 낙태입니다.

그런 팔자의 특이한 사실은 낙태 운이 여러 번으로 실제 낙태를 한 사람일수록 자식 복이 없으며 자식과 살이 끼거나 충돌하는 것을 볼 수 있습니다.

따라서 아예 자식 낳을 생각이 없으면 수술이나 피임을 하고 자녀가 임신되었으면 무조건 낳을 것을 권합니다. 생명에 대한 사랑은 낙태 운도 막을 수 있기 때문입니다.

사주에 낙태나 유산될 태아도 자녀로 나타나는 것을 보면 다 자식으로서의 인연이 있다는 것을 뜻합니다. 아무튼 지금까지 낙태한 이들은 꽃피지 못한 영혼을 위해 기도해 주길 바랍니다.

? **임신이 되고 안 되고 차이가 사주에 있습니까?**

답 가장 감정하기 힘든 분야입니다. 운에는 분명 임신
운이라 해도 부부 중 한 사람이 불임 수술을 했다면
아무 소용이 없지요. 예전처럼 팔자에 있는 자식이
라도 다 낳지 않고 한두 명만 낳는 시대입니다. 또한 무서운 속
도로 불임 환자들이 늘고 있다는 의학계의 발표와도 연관됩니
다. 온갖 화학약품과 공해로 인한 결과인데 점을 보러가기보다
는 병원을 찾아 임신의 방법을 찾는 게 좋습니다.

의학의 발달로 예전에 비해 무자식 팔자가 줄어들었습니다.
그것은 시험관 아기 등 고도로 발달한 의학 때문입니다. 또한 남
녀 구별도 따지고 보면 반반의 확률인데 잘 맞지 않는 경우가 종
종 있습니다. 이는 낙태로 인해 생기는 부작용이라 보면 됩니다.

하여튼 임신에 관한 부분은 의학에 의존하는 게 낫습니다. 다
만 병원에서도 두 부부가 모두 이상이 없는데 임신이 안 되는 경
우에만 역술가의 상담이 필요합니다.

사주에 보면 자식에 해당하는 오행글자가 극이거나 어떤 살로 인해 자식 인연이 박해 임신이 안 되는 경우가 있습니다. 극히 일부이지만 이런 분들은 입양 등을 생각하심이 좋을 듯합니다. 필자의 경험으로 미루어 아이 갖는 것은 역시 삼신 할머니의 점지가 필요하다는 것을 느낍니다. 예전에 100일 기도 후 아이를 가졌다는 말이 실감나는 일이 많습니다. 그것은 똑같이 임신이 안 되는 팔자인데도 그 중에는 극적으로 자녀를 가지는 팔자가 있기 때문입니다. 이때 임신 여부를 아는 것은 사주학보다는 육효 같은 점법이 더 정확합니다.

결혼 7년이 되도록 임신이 안 되어 고민을 하는 30대 후반의 여성은 어디가서 물을 때마다 올해는 아기를 가진다고 하는데 아직도 없다며 실의에 잠겨 찾아왔습니다. 사주에 분명히 옛날 같으면 8명까지도 자식을 가질 수 있는 팔자이기 때문에 그 같은 감정이 나왔을 것임을 짐작할 수 있었습니다.

하지만 의학적으로 별 이상이 없는 불임의 원인은 본인에게 있을 수밖에요. 사주에 보면 사주의 궁이 모두 사(死) 아니면 묘(墓)에 있으니 자식을 모두 낙태를 하거나 유산을 하게 되는데 2개월 정도에 낙태를 하면 死요, 3개월이 넘었으면 분명 사람이 죽은 것이니 墓에 해당하게 되는 겁니다. 본인도 철없을 적의 잘못을 뉘우치며 다른 방법이 없는지 필자에게 갈구했습니다. 딱 한가지 방법이 있다면 내 몸을 거쳐간 인연의 자식을 위해 기도하며 용서를 빌고 그 뜻이 하늘에 닿아 임신되기만을 지극정성으로 빌라고 권했습니다.

**? 자식을 낳은 후 집안이 좋아졌다거나
나빠졌다는 말들을 하는데 사실입니까?**

답 전혀 근거없는 말입니다. 상담자 중에 상당수가 '집안 어른들께서 자식을 하나 더 낳으면 부부 사이도 좋아진다는데 어떻게 할까요?' 라고 묻거나 심지어 둘째 애 낳고부터 집안이 되는 일이 없었다고 묻는 이들이 있는데 이는 집안 망한 것을 며느리 탓으로 돌리는 것과 같습니다.

자식은 천륜이기도 하거니와 사람은 다 자기 먹을 복을 가지고 나온다고 합니다. 그런 사람들의 운수를 보면 망할 운에 망한 것이지 자식 탓은 절대 아닙니다. 도리어 자식 덕에 그나마 유지된다고 생각해야겠습니다.

사람은 세상에 태어나는 순간 그 나름의 인격과 이름, 팔자를 가지게 되므로 부모의 개별적인 운과는 별 상관없음을 알아야 합니다. 다만 보살피고 키워줄 뿐 그 자식이 성장했을 때 부모라는 인연으로 덕을 받기도 하고 속을 썩이기도 하는 겁니다.

아이의 사주는 물으면 안 된다는데 사실입니까?

상담자 중에 약 10퍼센트가 이런 말을 하며 자녀의 사주를 보길 거부합니다. 이런 말의 바탕에는 아직도 가능성이 충분히 있는 아이의 팔자를 놓고 이러쿵, 저러쿵 하는 것은 옳지 않다는 뜻이겠지요.

상담하는 입장에서도 아이의 팔자가 좋으면 다행이겠지만 팔자 나쁜 것을 기대에 가득 차서 온갖 정성으로 기르는 부모에게 말할 수는 없습니다. 다만 앞으로의 건강이나 성격상 주의하여 가르칠 방법과 적성 등을 가르쳐 주는 게 최선의 방법입니다.

요근래에는 종교 단체나 여러 종류의 점집에서 자식을 위해 돈 내고 기도하라거나 뭘 하라고 하면 아무도 거들떠보지 않지만, 자식이 잘 되는 방법이라고 하면 물불을 가리지 않는 부모들을 이용하는 종교인이나 감정가들이 있었기 때문에 이런 말이 나왔을지도 모릅니다. 아무쪼록 필요한 부분만 묻고 들어보십시오.

130

초등학교 1학년의 사주 감정을 부탁 받고 자세히 보니 상당히 약한 사주였습니다. 세심해서 자기의 마음을 잘 표현하길 꺼려 엄마와 다툼도 염려되었습니다. 엄마의 말로는 아이가 하도 말도 안 하고 조금만 야단해도 울기만 해서 속상하다며 도대체 어린 것이 무슨 생각을 하고 있는지 모르겠다는 겁니다.

자세히 보니 17, 8세 전후로 상당히 좋은 운이 들어와 성격도 많이 달라지겠고 공부도 잘 할 수 있겠기에 사주를 말씀드리고 절대로 야단 치지 말고 무조건 칭찬이나 하고 서로 대화를 많이 하며 아이들과 놀 수 있는 자리를 마련해 줄 것을 권했습니다.

부인은 아이의 사주를 듣고 이해를 많이 했다며 앞으로 짜증내는 일 없이 키우겠다고 돌아갔습니다. 자기 자식이지만 잘 모르고 키울 때도 있으므로 타인의 의견도 들어 볼 만합니다.

같은 사주라도 남녀 구별이 있습니까?

사주가 같다 해도 남녀가 음양의 구분에 따라 다른 운을 받게 되므로 구별이 있습니다. 따라서 이란성 쌍둥이라 해도 전혀 다른 팔자로 살 수 있습니다. 또한 양(陽)을 남자라 하고 음(陰)을 여자라 하는데 세상의 모든 사물은 나사의 볼트와 너트처럼 서로 끼우고 맞추고 하여 물건이 됩니다. 우리들의 옷에서 단추와 단추 구멍이 만나야 제구실을 하는 거와 같습니다.

따라서 모든 사물에는 음양이 공존하게 되는데 이는 양전자와 음전자가 만나야 하나의 원소가 탄생하는 이치와 같습니다. 그래서 남자를 양이라 하는데 양은 겉으로 나타나 측량할 수 있고 쉽게 판단할 수 있는 것을 뜻하니 남자의 신체가 그렇고 또한 하늘이 그렇습니다. 하늘을 보면 비가 오는지 해가 뜨는지 드러나 보여 쉽게 알 수 있습니다.

반면 음은 속으로 응집되어 알기 어렵고 그만큼 창조의 힘이 있으니 음은 만물의 생성 원인이 됩니다.

그리하여 땅이 울퉁불퉁, 높고 낮고 마르고 질고 하여도 늘 생명이 자라듯이 여성의 신체에서도 십 개월의 고통 뒤에는 생명이 탄생합니다.

그런데 모든 만물과 같이 사주에도 음양이 상응해야 하므로 겉하고 다르게 복잡해졌습니다. 따라서 분명히 남자인데 사주에 음이 많아 여성스러운 성격이 있고 여자라도 남자같이 행동하는 이들이 있게 됩니다.

하여튼 음이나 양으로 치우친 사주라 해도 양인 남자일 때와 음인 여자일 때는 상응이 다르기에 남녀가 구별되는 것이고 같은 사주라도 정 반대의 운을 받는 것입니다. 그리고 요즘은 사주 팔자, 즉 본바탕이 중요한 것이지 겉으로 보이는 남자 여자의 차별은 대수롭지 않습니다. 사회 직업이나 생활에서의 구별이 없어진 것만 보아도 그러하지요. 단, 아무리 세월이 흘러도 자녀 출산이 여성의 몫임은 불변하겠지요.

? 사람에 따라 맞는 종교가 있습니까?

답 종교에 관해 의문을 안 가져 본 사람은 없을 겁니다. 종교의 필요성을 느끼고 어떤 종교를 믿을까 고민하는 사람들이 의외로 많고 현재 종교생활을 하면서도 개종을 생각하며 묻는 분들이 있습니다. 그 중에는 종교를 잘못 믿어 집안이 망했다는 생각에 찾아오는 이도 있습니다.

사주 팔자에 어떤 종교를 믿으라고 정해진 게 있겠습니까만 우리 민족의 토속적 신앙이나 먼저 들어온 종교에 바탕을 두고 새 종교가 전파되었다는 것은 쉽게 찾을 수 있습니다.

천주교와 개신교의 하느님이나 장로라는 말이 그렇고 또한 불교의 산신각이나 칠성전 등이 우리의 뿌리와 접목된 것입니다. 부처님이나 공자님, 예수님도 모두 우리에게 틀린 말을 가르친 적 없고 그 분들 말씀의 일부분만 실천해도 우리의 마음에 평온함을 찾을 수 있을 겁니다.

생각을 통해 스스로 세상의 이치를 알고 싶으시면 불교를 선

134

택하시고 실천을 통해 세상을 알고 싶으면 기독교를 믿으십시오. 가족이 각각 다른 신앙을 갖는 것보단 같은 종교를 믿는 것이 좋습니다.

되도록이면 다른 종교를 비방하는 종교는 믿지 마십시오. 언젠가 그들도 비방을 받기 때문입니다. 또 오래된 종교를 믿으십시오. 그 동안 많은 세월을 두고 개혁하고 많은 이들이 믿어온 내력을 무시할 수 없기 때문입니다. 사이비 종교에 빠져 가정을 파탄으로 몰고가는 안타까운 일이 없길 바랍니다.

사이비 종교의 특징은 교주가 신격화되고 교인들이 모두 신비한 능력을 가졌다고 합니다. 또한 불교, 유교, 기독교의 교리를 모두 섞어서 자기네 교리로 만듭니다. 또는 신도들에게 일정한 복장이나 외모를 강요하는 등 단일화를 꾀한다는 사실을 공통점으로 가지고 있습니다. 각별한 주의가 있어야 합니다.

살인죄보다 더 무서운 죄는 어쩌면 타인의 영혼을 자신을 위해 혼미하고 어리석게 만드는 행위일 것입니다. 그리고 한 가족이 같은 종교를 믿는 게 좋다는 말은 예수님 말씀처럼 사랑이 우선이기 때문입니다. 종교로 가족을 버리는 잘못은 없길 바랍니다. 또한 돈으로 신앙을 살 수 없는 것이기에 필요 이상의 금전을 요구하는 종교는 일단 의심해 봐야 합니다.

어떤 종교를 믿느냐는 자기 선택의 문제이며, 종교생활 역시 자기 하기 나름입니다. 아울러 모든 이들이 한 가지씩 신앙을 가졌으면 합니다.

? 집에서 동물을 키우면 안 되는 사주도 있습니까?

답 애완견을 키우는 집이 늘고 있습니다만 그런 동물이 사람의 운에 영향을 주리라 생각하는 것은 따지고 보면 기우에 지나지 않습니다. 그러나 동물도 생명체이기에 아주 미세하나마 작용을 하지 않을까 하고 의심의 눈으로 살펴보게도 되지요.

오랫동안 살펴본 결과 호랑이띠가 있는 집에서는 절대로 개가 잘 자라지 않는다는 겁니다. 다른 동물도 마찬가지고요. 개는 길어야 일년을 넘기지 못하고 죽거나 집을 나가게 되는데 소나 돼지 등 다른 동물도 손해가 나지 이득을 보지는 못합니다. 상담중 범띠에게 물어보았을 때 모든 사람이 위와 비슷한 경험을 했다고 하니 전혀 무시할 수 없음을 알게 됩니다.

반대로 사람이 개를 통해 피해를 볼 수는 없는가 따져보았습니다. 개는 한자로 술(戌)로 나타나는데 양을 나타내는 미(未)나 소의 축(丑)자와 만나면 형살(刑殺)이 되고 사주에 미나 축이 있으면서 개를 키운다면 관재나 구설수를 옆에 두게 되는 현상이 됩니다. 따라서 유심히 상담자를 중심으로 살펴본 바, 작으나마 안 좋은 영향이 있음을 확신할 수 있었습니다.

예민한 사람은 호랑이 그림을 집에 걸어 두었다가 갑자기 남편이 늦게 들어오거나 술을 많이 마시는 변화가 있어 누군가의 조언으로 그림을 치운 뒤에는 남편이 언제 그랬냐는 듯이 돌아왔다는 말을 여러 번 들었습니다. 심리적으로도 맹수는 무서움과 날카로움을 내포하니 무의식중에 위축될 수도 있겠지요.

이런 것으로 미루어 동물과의 관계는 운수에 좋거나 나쁘게 작용하므로 다른 지혜있는 분들에게 문의하는 것이 현명합니다.

중년 부인이 찾아와 상담중에 집에서 기르는 개 이야기를 하게 되었습니다.

"아파트에 살면서 식구들이 모두 나가게 되면 개가 짖는 소리가 싫어서 다른 사람을 주려고 해도 딸애가 말리는 바람에 어쩔 수 없이 키우는데 별일은 없겠지요" 하고 물었습니다.

동물들이란 예로부터 집에서 오래 키우면 안 좋다는 말이 있듯이 그 집의 모든 것을 아는 듯하고 눈치도 빨라 다루기 힘들 때가 있습니다. 그리 되면 집 식구와 같이 대해야지 홀대를 하면 안 좋습니다. 또 기분 나쁘게 울거나 하면 집 안에 나쁜 일이 생기는 것은 아닌가 하여 불안해지기도 합니다. 따라서 애완 동물은 사람과 가까이 살기 때문에 나중을 생각하여 함부로 기르지 말고 기른다면 끝까지 책임을 저야 합니다. 그러지 않을 경우 집안에 우환이 생길 수 있는데 특히 재물의 탕진을 주의해야 합니다.

**한집에 시부모나 다른 식구가 같이
살면 해가 될 수 있습니까?**

 사주 팔자에 본인 부모나 배우자의 부모를 같이 모
시고 사는 팔자가 있습니다. 그런 사주는 팔자대로
모시고 살아야 더욱 좋습니다.

예를 들어 시부모님하고 같이 살기를 싫어하는 새댁이 있는
데 만약 따로 산다면 남편 때문에 여러 가지로 속을 썩게 된다
는 것을 알아야 합니다. 부모와 같이 살기에 남편이 일찍 들어
오고 부인을 더 귀엽게 대해주는 것을 모르는 겁니다. 진실을
알고 시부모님께 고마워하며 오래 사시길 바라야 합니다.

이렇게 여러 가지로 덕을 보는 것인데도 해가 될 수 있지 않
은가를 물을 때는 매우 난처합니다. 간혹 부모님이 지나치게 간
섭하거나 애정 표현을 하여 배우자가 해야 할 일을 막을 때, 고
의는 아니지만 둘 사이를 갈라놓는 경우도 있기 때문입니다.

특히 옛날부터 홀시어머니의 외아들은 같이 살기 힘들다고
합니다. 지나친 사랑이 며느리에 대한 질투로 나타나기 때문이

138

지요. 안 그런 사람도 많겠지만 말입니다.

천륜으로 이어진 부모 자식이라도 살이 낀 경우가 있는데 그러면 속으로는 안 그래도 겉으로는 남인 양 자주 다투게 됩니다. 그러다 보니 여러 가지로 힘이 들게 되는 겁니다. 이와 같은 상담을 받을 때에는 누구의 잘못도 아니고 살 때문이니 이해하고 사시는 날까지 잘해 드리라고 합니다. 그래도 같이 살 팔자는 모시고 사는 것이 결론적으로는 큰 액이 없이 무난한 삶이 되는 겁니다.

그 외 다른 처남이나 시동생, 조카 등 다른 식구가 와서 살 때 불편함을 겪는 것은 있겠지만 팔자상 해가 되는 것은 없다고 봐야 합니다.

모르는 남을 도와주는 사람들도 많은데 핏줄을 도와 같이 산다 해서 해가 된다면 그것은 하늘의 뜻이 아닐 것입니다. 모시고 사실 분이 있으면 망설이지 말고 꼭 모시고 살아 큰복을 받기 바랍니다.

미래에 대한 예측

? 미래 사회에 대하여 궁금합니다.

답 *식량문제*…… 식량난은 한 해에 여의도의 1.6배에 해당하는 농경지가 없어지고 있는 것을 보면 그리 먼 얘기가 아닙니다. 수입도 한계가 있는 것이고 머지 않아 배추 한 포기에 만원이 넘을 수 있기에 웬만한 사람은 월급의 대부분을 먹는 것 사는 데 돈을 써야 할 겁니다. 화분이나 공터 또는 지붕에 흙을 모아 화초 대신 파나 상추 등 부식을 심게 될 수도 있겠지요. 몇 년 전부터 관청 주도로 5평 전후의 주말 농장 분양이 관심이 높아지는데 이것이 시초가 될 수도 있습니다.

10년 전후로 흙을 지키는 사람들이 빛을 볼 겁니다. 농촌으로 돌아가는 젊은이들이 증가하는 것도 자연스런 현상인데 힘있고 건강한 이들이 땅을 지키는 정책적 배려와 뜻 있는 인사들의 흙을 향한 열정이 결실을 보았으면 합니다. 소말리아 같은 나라가 많이 나오지 않기를 바랄 뿐입니다.

140

의학의 발달…… 지구에서 화재나 지진, 홍수 등이 없어지지 않는 한 사람에게 불치병이 없어진다는 것은 불가능한 일입니다. 현재도 보다 강력한 신종 바이러스가 출현하고 있고 감기로 목숨을 잃는 이들도 있습니다. 조류 독감이란 병도 떠돌고 있으며 독일 의학계의 연구발표에 따르면 수년 내 전세계에는 살인 감기가 닥칠 것이라고 합니다. 사람이 의학의 발달보다 앞서가는 병을 잡을 수는 없을 것 같습니다.

그러므로 각자 병을 이길 수 있는 마음을 가져야 합니다. 침착성과 자연에 대한 경이로움, 그리고 타인을 생각하는 것이 하늘의 인표가 되어 병마가 그냥 지나가는 것이 될 것입니다. 단군 할아버지가 널리 백성에게 가르치신 호흡법을 익히는 것도 아주 좋은 방법이라 생각합니다.

식수문제…… 공기와 마찬가지로 물은 생명 유지의 필수요소인데도 환경파괴로 인해 산천의 물도 줄고 있고, 현재 남아 있는 물도 먹을 수 없을 정도로 나빠지고 있습니다. 이런 상태로 간다면 머지않아 전 세계가 식수 문제로 고통받게 될 것입니다. 지금도 휘발유보다 비싸게 생수를 사먹고 있는데 우리나라도 시급히 대책을 강구해야 되겠습니다.

팔당호가 3급수로 됐다는 조사 결과를 보고 많은 사람들이 걱정하였습니다. 지하수도 산성비로 오염되고 있기 때문에 지구의 고비는 여러 각도에서 생길 것이라 추측할 수 있습니다. 정부의 산업정책보다 더 중요한 문제가 물에 대한 정책입니다. 우리 나라는 여름에 긴 장마 때문에 집중적으로 비가 오므로 더욱 신경을 쓰고 물을 관리해야 합니다. 점점 말라가는 산천의 물을 우리들 몸의 혈관이라고 생각한다면 당장 죽을 것 같이 펄펄 뛸 겁니다. 내 몸같이 아껴야 미래가 보장됩니다.

사상적 문제 …… 동양 사상이 세계를 이끌 것이라고 예측하는 것은 맞는 말이지만 그 사상을 체계를 세우고 이용하는 것은 서양인이 하리라 봅니다.

동양인들을 대장장이에 비유하고 서양인들은 손님으로 봐야 한다고 할까요. '대장장이 집에는 변변한 칼이 없다'는 속담처럼 말입니다. 잘 만들어진 칼을 가지고 간 서양인들이 그걸 응용하여 많은 것을 만들어 쓰다가 칼날이 무디어지면 새 칼을 달라고 옵니다. 그저 동양인들은 충실히 잘 만들 뿐이지 정작 칼에는 미련이 없습니다. 우리들은 우리의 정신적 사상을 특별히 보지 않는 것을 지나쳐 아예 관심조차 없습니다.

서양인들은 동양사상을 우리보다도 소중히 하고 연구하여 사상에 그치지 않고 과학이나 모든 사회전반에 걸쳐 이용할 것입니다. 그러한 이들을 잘 받아들이고 화합할 때가 와야 진정 사상의 틀이 잡히는 겁니다. 연출자가 직접 연기를 하지는 않습니다. 동양사상이 위대하긴 하지만 서양의 실천적이며 합리적인 사고의 힘처럼 동양이 세계를 이끌지는 못할 것입니다. 그리고 절대 강국은 없으며 다수 국가의 공동체제가 이루어지고 그것은 진정 세계가 하나가 될 수 있는 정신의 통일입니다.

한 예로 서양에서는 동양종교가 급속히 늘고 있다는 사실을 주목해야 합니다. 따라서 우리나라가 세계의 중심 국가가 된다는 허황된 생각을 얘기하기보다는 철학과 가치관이 있는 즉, 국민적 정서가 뚜렷한 나라가 되어야겠습니다. 빛나는 정신적 유산을 이끌 사상가나 중심 축도 없이 흔들리는 현재를 볼 때 매우 안타까운 일입니다.

아직도 조선시대에서부터 몇 백년이 흘렀어도 사대주의 사상은 길가에서도 교육현장에서도 직장에서도 무슨 큰 전통인 양 지켜지고 있습니다. 수많은 외침과 전쟁의 영향으로 돌리기에는 무언가 석연치 않은 우리들의 기회주의가 아닐까 생각합니다.

한국 사상의 독자적인 연구 없이 중국의 사상을 선조들이 연구했다고 우리의 전통사상으로 여겨서는 안 된다고 봅니다. 한글 맞춤법이 틀린 것보다는 영어의 철자가 틀린 것을 부끄러워하는 한 우리 사상은 지키기 힘들다고 봅니다.

전쟁 문제 …… 세계 제3차 대전에 대하여 우려하는 분들도 있는데 필요에 따라 서로 어깨를 나란히 하는 시대가 될 것이므로 세계대전은 없을 것입니다.

금(金)의 세계인 서양이 지구를 주도하던 시대에는 금이 목을 능가하여 목(木)에 해당하는 아시아의 일본과 한국, 중국 등에서 전쟁이 일어났으나 점차 목의 세계가 주도해 가면 목이 토를 압도하여 사막이 많은 나라 등에서 국지전 성격의 전쟁이 2002∼2005년을 정점으로 몇 년 내 계속될 것으로 봅니다.

우리나라에서의 전쟁은 더 이상 없습니다. 그리고 미국 중심의 군사적 영향력에서 점차 탈피하기 때문에 다른 나라의 내전이나 국가간 전쟁에 UN의 활동이 위축될 가능성이 큽니다. 나라마다 핵을 보유하는 등 군사력을 키워나가는 시대라고 봅니다. 우리의 남북한 군사력이 합동으로 훈련하는 날이 빨리 오기를 기대해 봅니다.

경제적 문제 …… '요람에서 무덤까지' 라는 구호의 스웨덴이 정책을 바꾸었듯이 모든 나라가 각 개인의 능력을 중시하고 스스로 노력하지 않으면 먹을 것을 구할 수 없는 세상이 될 것입니다. 그래도 가난한 사람들은 없어지지 않아 나라의 빈민구제는 많이 축소된 형태로 계속될 겁니다.

직업은 세분화되겠고, 여러 갈래의 샘물이 모여 강이 되곤 하는 자연의 순리로 많은 노동자 계급의 노력을 바탕으로 부를 누리던 특권층이 앞으로는 절대 다수의 근로자의 도전을 받아 일대 혼란기가 있을 것입니다. 그 후에는 다시 변형된 신공산주의가 조심스럽게 싹을 틔울 것입니다.

그러나 절대 민주화된 영역 안에서 경제력의 고른 분배를 장악하는 상당수의 노동자와 그 그룹에서 도태되는 이들로 양분될 것입니다. 예를 들면 재벌은 없어지고 한노총, 민노총이라 하는 단체가 주축이 되어 모든 권한을 행사하고 또한 거기에 소외된 또는 반대하는 그룹이 생겨날 것입니다.

이때 제외된 이들의 처리문제가 국제적 문제가 될 것이며 그들은 서서히 소멸되는 잔인한 제재를 받을 수도 있습니다. 앞으로의 경제는 기계적 인간을 우선으로 하기 때문입니다. 20년 후의 일이 될 겁니다.

정치적 과제 …… 역사적으로 국내정치를 살펴볼 때 당파싸움과 같은 편가르기가 계속될 겁니다.

현재의 상황만 보더라도 무엇을 위한 당론이고 정책인지 국민들은 낙관적인 생각보다는 비관적인 의식에 빠져 있습니다.

또한 유교적인 사상의 단편적인 내용이 우리의 의식에 많은 비중을 차지하고 있어 특정 계급에 의해 강조되면서 좀처럼 관습의 틀은 벗어나지 못하고 있습니다. 그것은 임금 섬기기를 부모 섬기는 것과 같이 하며 관장 섬기기를 형 섬기는 것과 같이 하는 것처럼 우리가 쉽게 접하는 동사무소 직원들까지 국민들의 위에 있다는 생각을 하고 있는 듯싶습니다.

이것이 의식에 뿌리를 내리고 있는 한 정치 발전은 기대할 수 없으며 선거 전의 깊숙한 인사만큼이나 당선 후에는 허리가 뒤로 펴짐을 알아야 합니다.

또한 백년을 바라보는 교육 없이는 발전을 기대할 수 없습니다. 다만 현 대통령과 차기 대통령이 임기를 마친 시점부터 정치의 변화가 눈에 띄게 나타날 것입니다. 그때의 대통령이 운이 좋은 거지요. 왜냐하면 앞사람들의 시행착오를 넘긴 후에 대통령이 되는 것이기 때문입니다.

문화, 종교 …… 국악 교육, 한복 입기 운동 등 생활에 친숙한 부분부터 점차 확대되는 우리 전통 찾기는 계속 이어질 것으로 봅니다. 다만, 외국 문화에 대한 대처능력인데 얼마 전 일본 문화 수입에 대해 대통령도 언급했듯이 억제로만 해결될 문제가 아닌 바에는 우리 문화를 넓고 확실하게만 이어간다면 더욱 좋은 발전을 기대할 수 있으리라 믿습니다. 바다에 강물이 흘러든다고 바다가 강물이 되지는 않으니까요. 타문화를 수용한 융화 발전은 앞으로 우리들의 과제라고 생각합니다. 그러기 위해 먼저 우리의 문화가 튼튼한 기초 위에 서 있어야 하겠지요.

종교는 고구려 소수림왕 때 절이 세워진 이후 불교가 민족 종교로 꾸준히 이어져 오고 있고, 천주교 역시 200여 년이라는 역사를 가지고 있는데 앞으로는 점차 불교나 기독교가 아닌, 각 종교의 복합적 이론을 전개하는 종교나 단체가 늘 것입니다. 가장 많은 개신교의 종단이 생길 것이고 불교도 개별 사찰이 많아지면서 거대 종단인 조계종도 세분화될 것입니다. 천주교는 현재의 체계를 꾸준히 이어갈 것입니다.

그리고 신흥 종교가 교세를 확장하여 세계에서 가장 여러 종교가 번성하는 나라가 되리라 확신합니다. 지금도 뜻있는 몇몇 개신교도들이 교회 없는 공동체를 운영하는 모임이 있습니다만 앞으로 가장 좋은 종교 체계는 각 가정에서 자신의 종교에 맞는 기도 생활을 하면서 각 종교 지도자의 통신교리나 방문 또는 일정기간의 교육 프로그램으로 교리를 배우는 형태가 아닐까 생각합니다. 예전처럼, 그리고 현재의 중국이나 일본의 가정처럼 각 집에 신당을 두고 기도생활을 하는 것도 개인의 취향에 따라 얼마든지 가능한 일입니다.

통일 문제 …… 현체계를 그대로 유지하면서 관광이나 투자 등으로 왕래가 계속될 것입니다. 우여곡절이 있다 해도 2003년쯤 이산가족이 고령층을 중심으로 만나는 장소가 생길 것입니다. 그러나 독일과 같은 통일은 없으며 중국과 홍콩의 경우처럼 단일 국가 이원화 체제가 될 수도 있습니다. 15년에서 20년 후쯤이 되겠지요.

**여자 띠가 세면 팔자가 좋지 않다고
하는데 사실입니까?**

출산 통계를 보면 호랑이해나, 용해, 말해 같은 때는 출산율이 저조하고 예전엔 여자아이가 태어나면 출생신고를 한 해 늦춰서 토끼띠나 뱀띠로 호적에 올리는 경우가 종종 있었습니다.

띠라는 것이 사주 팔자에 분명히 한 기둥을 이루는 것이기에 영향이 없다는 말은 할 수 없습니다만 여자가 호랑이, 용, 말띠를 가지면 팔자가 좋지 않다고 기피하는 것은 역학적으로 설득력이 없습니다.

다만, 자기의 띠가 주는 동물적 성향이 자신에게 어떠한 영향을 주는 것인가 하는 문제에서만 따지면 호랑이는 사나워서 같이 어울리려고 하는 동물이 없어 여자가 과부로 살 수 있다는 이미지를 줄 수 있습니다.

용은 신적인 동물로 조화를 가지고 있고 기상이 뚜렷하니 용띠 여자는 고집이 강할 수 있겠고, 말은 돌아다니지 않는 곳이 없는 동물이므로 여자가 동서남북 바쁘게 돌아다니며 사는 게 흠이 된다고 믿었기에 나온 얘기일 수 있습니다.

이렇듯이 동물에 대해 가지고 있는 우리들의 보편적인 생각이 그대로 반영된 것이지요. 당 사주는 호랑이띠를 천권성(天權星)이라 하고 용띠는 천간성(天奸星), 말띠는 천복성(天福星)이라 합니다. 현재는 태어난 일을 중심으로 하여 년, 월, 시와 같이 사주를 보는데 이것은 명나라 때 서거이 선생이 발견하여 발전하였고 그 정확성이 상당히 높아졌습니다.

여자가 가정이나 사회에서 권세를 잡고 행동하는 것보다는 내조에 힘쓰고 지극히 가정적이기를 바랄 때 생긴 가설이라 보면 됩니다.

그 가설로 보더라도 여성의 사회 활동이 무서운 속도로 증가하는 시대이기 때문에 띠가 센 여자가 있어야 각 분야에서 성공하는 여자가 많이 나올 수 있지 않겠습니까. 여자의 강한 면을 꺾어야만 직성이 풀리는 남자들의 권위의식이 변하여 융화되는 시대가 되므로 센 팔자의 장점이 여러 방면에서 필요하게 되겠지요. 시대에 따라 관념은 변하게 마련이니까요.

?

'쥐띠가 밤에 나서 먹을 복은 있겠다'는 식의 팔자 보는 법도 맞습니까?

답 운명은 음양오행을 바탕으로 상생(相生), 상극(相剋)
과 그 천간지지(天干支地)의 연관성인 데 반해 우리
가 쉽게 생각할 수 있는 열두 동물의 생활과 습성 그
리고 성격을 통해 운명을 보는 방법을 묻는 질문입니다.

사주학은 세밀하고 구체적이기 때문에 평생을 볼 수도 있고
하루의 시간마다의 일진까지도 알 수 있는데 가끔 상담자들과
지나가는 말로 팔자를 동물에 대비하여 보면 금전복이나 평생
살아가는 범위, 성격 등을 웬만큼 알 수 있습니다.

예를 들면 풀을 먹는 동물인 소나 토끼, 말, 양처럼 풀이 많은
봄에 태어난 사람은 대체적으로 넉넉하게 삽니다. 용이 겨울에
태어나거나 호랑이띠가 낮에 나면 사업에 실패가 많으므로 월급
쟁이가 제격이라고 봅니다. 또 쥐가 밤에 나면 무척 바쁜데 음력
4, 5월은 춘궁기라 더욱 바쁘다는 걸 알 수 있습니다.

또 한 가지 재미있는 것은 개띠가 음력 7월생이면 사람들에게

무척 인기가 많습니다.

따라서 역(易)이란 '쉬울 역'자라는 사실을 알아 우리 생활 속에서도 세상의 변화를 잘 살펴보고 자신의 운을 가늠할 수 있는 것이 많다고 생각합니다. 우리가 마음의 눈으로 보면 쉽겠습니다.

61년생 여성분이 상담을 하면서 하는 말이, 자신은 무슨 팔자인데 허구한 날 혼자서 일만 하고 다른 사람들도 자신이 바쁘게 일하는 것을 당연하게 여겨 돈버는 일 외에도 시댁이나 친정 일로 항상 정신이 없다는 겁니다.

그래서 그 사람이 알아들을 수 있도록 설명을 했습니다. 부인은 소띠인 데다 일년 중 가장 바쁜 음력 5월생이고 그것도 한낮이니 앞으로도 할 일이 많을 것입니다. 그러나 새 풀들로 먹을 것이 풍부하며 부지런하기 때문에 주인이 귀하게 여기게 됩니다. 그래서 주위 사람들도 부인이 혹시라도 아플까봐 잘 보살펴주게 되므로 현재에는 일이 많아 고달파도 남편과 주위 사람이 모두 사랑해줄 것이라고 했습니다. 그 여성분은 식당을 크게 하여 돈도 꾸준히 벌었으므로 분명 행복한 고민입니다.

일을 주되 그에 상응하는 대가를 받으니 어찌 불만스럽겠습니까. 그 말에 부인은 웃으며 돌아갔습니다. 자신의 팔자에 맞게 사는 게 중요합니다.

삼재란 무엇입니까?

사전적으로 삼재(三災)라는 말은 세 가지 재난이란 뜻인데 홍수, 불, 바람의 천재 지변을 이르는 것이지만 사주에서는 누구나 12년에 3년은 재앙을 주의하라는 의미로 사용됩니다.

호랑이띠와 말띠, 개띠는 원숭이해와 닭의 해, 개해가 삼재이며 뱀띠, 닭띠, 소띠는 돼지해, 쥐해, 소해가 삼재입니다. 또 원숭이띠, 쥐띠, 용띠는 호랑이해, 토끼해, 용해가 삼재며 돼지띠, 토끼띠, 양띠는 뱀해, 말해, 양해가 삼재입니다. 이는 우리가 잘 알고 있는 바이오 리듬과 같이 쇠퇴기와 고조기가 반복하는 원리와 같습니다.

그래서 누구에게나 삼재라는 게 있는데 흔히 악삼재다 복삼재라는 말들을 하는데 이는 삼재라 하여도 사주와 연관된 대운(10년 주기운)이 좋으면 도리어 삼재라도 좋게 되고 대운까지 나쁘면 헤아릴 수 없는 많은 액운이 있을 수 있습니다. 따라서 삼재란 홀로 운에 영향을 주지는 못합니다.

삼재 중에 가장 자주 접하는 액은 금전 관계가 주를 이루고 그 외에는 건강이나 주변 사람과의 불화 등입니다. 이 중에 금전 관계에서는 직업의 변동이 제일 빈번하고 사기나, 금전 손실의 소송 등이 있습니다.

참고로 삼재에 해당하는 사람이 식구 중에 3인 이상이면 의외로 그 정도가 크다는 것을 상담자를 통해 경험한 적이 있습니다. 매우 주의해야겠습니다. 이럴 때는 직업, 주거의 이동 등을 될 수 있는 한 피하는 것이 좋습니다. 무언가 위축이 될 때 무시하지 말고 잘 살펴보는 현명함이 필요합니다.

삼재가 나쁠 때에는 몇 달 전에 미리 경고하는 작은 사건이 생기게 되어 있습니다. 비가 오는 것을 하늘에 구름이 끼고 바람이 불어오는 것으로 미리 알 수 있는 이치입니다.

일주일 간격으로 세 식구가 병원에 입원을 해서 너무도 이상하기에 왔다고 식구들의 사주를 내놓는 상담자가 있었습니다. 특별히 그 해의 운이 나쁜 것도 아니고 한꺼번에 생긴 불행도 아니고 해서 육효점으로 집안에 이상이 있는지 등을 살폈지만 별 이상이 없고 다만 세 사람 모두 원숭이띠와 용띠로 삼재 중에 있었습니다.

얼마 전에 용띠인 아들이 군대 갔다가 제대를 하였다는 겁니다. 모두 삼재로 인한 액운이어서 삼재를 풀기 위해서는 아들이 복학하기 전이라도 학교 근방에 하숙방을 구해서 나가 살기를 권하고 매사 주의를 부탁했습니다.

"삼재라면서 가족 중에 한 사람이 크게 다칠 수 있으니 굿을 하라거나 부적을 사가라는데 그 가격이 만만치가 않습니다."

어느 젊은 부인이 이런 고민을 안고 찾아온 적이 있습니다. 그래서 사주를 풀어보니 아이들까지 네 식구인데 모두 삼재는 아니고 부인만이 삼재였습니다.

그러나 부인의 대운이나 그 해운이 상당히 좋은 데다 가정주부로 살림만 하니 외부의 영향이 그리 많지 않은 상황이었지요. 다만 삼재와 관계가 없이 부인의 사주에 과숙살이 있어 부부관계상 다투지 말 것을 당부했지요. 삼재 중에 다툴 때는 여느 때보다 심각할 수 있으니 주의하라고 경고하면서 말입니다.

삼재라도 별탈 없이 지내는 사람이 더 많습니다. 무조건 겁을 낼 것은 아니고 평소보다 한 두 가지 작은 일이라도 주의하면 됩니다.

153

나라 운 보는 법

답 연초가 되면 유명 역술가들이 나라의 운을 언론을 통해 발표하는 것이 이제는 일반화되었고 월드컵 축구 경기의 스코어 맞추기에도 이들이 동원되는 시대이고 보면 누구든 어떻게 그 운세를 보는지 궁금하겠지요.

사람에게는 태어난 날짜와 시간이 있어 거기에 맞는 육십갑자를 네 기둥으로 하여 사주 팔자를 세우고 거기에 대운과 소운, 그 해 운의 관계로 길흉을 알아보는 데 반해 나라의 사주는 출생시기를 정확히 모르므로 방법도 제각각입니다. 1998년의 단기 4331년을 바탕으로 하는가 하면 천지 사주가 있는 1년을 365일로 하여 원(元)은 129,600년을 한 단위로 하고 회(會)는 10,600년을, 운(運)은 360년, 세(世)는 30년으로 하여 임오원(壬午元), 병오회(丙午會), 갑술운(甲戌運), 갑술세(甲戌世)를 바탕으로 나라 운을 보는 경우도 있습니다.

필자도 뾰족한 대답을 할 수 없는 것이 그들 나름대로의 방법이기 때문입니다. 그리고 그 방법이 옳다 그르다 할 수가 없습니다. 다만 일반적으로 육효와 같은 주역을 바탕으로 한 점법이 사용된다고 볼 수 있고 무속인들은 신들이 가르쳐 주는 공수라는 것을 전달하게 되고 이것에서 가장 근접한 결과를 얻는 것입니다.

하여튼 우리들이 알아야 할 것은 무속인이든 역술인이든 자신의 지식과 신기를 최대한 동원해서 나온 결과를 가지고 나라 운세를 말하고 축구 경기에서 이기고 지는 것 또는 누가 대통령이 되는가를 말하는 겁니다.

그런데 지나고 나면 맞추었다는 사람이 더 많이 생기기도 합니다. 맞추면 다행이고 틀려도 그만이라는 식이 되다 보니 정치인들의 말 바꾸기를 닮아가기도 합니다. 나라의 운세 같이 중요한 사항은 아무쪼록 과학적이고 합리적인 연구 발표로 경제와 나라 정세 등을 예측해야 합니다. 또 지금과 같은 우리의 경제 사정을 미국의 한 증권회사에서는 오래 전에 예측하고 있었다니 한심한 일이 아닐 수 없습니다.

축구시합에서 세계 4위의 멕시코를 싸워 볼만한 상대라고 하면, 한쪽에서는 이길 수 있다 하고 또 누군가는 우리보다 약체라고 보도를 하는 자기 중심적 사고가 있는 한 사회 전반에 돌 던지기식 행정과 사회 구조는 계속될 것입니다. 적당히 생각하고 대충 판단하는 사고를 우리는 대인의 인격으로 인정하는 잘못된 습관이 있습니다. 따지고 드는 것은 소인배나 상놈의 행동이라고 하는 의식이 깊게 자리하고 있기 때문입니다.

? 다른 사람의 이름으로 부동산이나 사업의 명의를
할 때 그 사람의 운이 작용합니까?

답 상황에 따라 어느 정도 작용이 있습니다. 그러나 돌
아오는 결과에는 큰 차이가 없다는 사실을 꼭 알아
주었으면 합니다. 돈을 투자한 사람이 주체가 되기
때문입니다.

상담중에 탈이 날 것으로 보이는 부동산을 샀거나 사업을 하
고 싶은데 운이 나쁘다고 하면 운이 좀 나은 배우자나 친인척
명의로 하면 되는 것 아니냐는 질문을 많이 받습니다. 사실 그
명의를 빌려주거나 빌리는 것은 운을 나누어 주거나 나누어 받
는 것을 뜻합니다.

따라서 어느 정도 영향이 있다는 것은 인정해야 합니다만 어
차피 탈이 날 일이 명의로 인해 정반대가 되는 것은 절대 아닙
니다. 잠시 지연되다가 다시 나쁘게 돌아갑니다. 법적으로도 실
명제 위반이 됩니다.

예를 들어 부산 가는 기차가 광주 사람들만 탔다고 노선을 변

경할 수는 없는 것과 같습니다. 무언가 자기에게 이로운 쪽으로 생각하려는 심리가 작용하여 나쁘다면 다른 사람의 이름을 빌리면 되지 하는 식의 무조건적인 발상이라 할 수 있습니다.

운이란 뷔페식 음식이 아닙니다. 정해진 밥상 안에서 자신의 선택이 첨가될 뿐입니다. 이러한 생각 뒤에는 누구 명의로 했더니 재수가 없어 손해를 봤다는 식의 책임 전가가 으레 따르기도 합니다.

필자도 상담중에 가끔 그 명의를 배우자 앞으로 하라고 권하는데, 이 경우는 당사자가 돈을 탕진할 우려가 있을 때에 한해서입니다.

명의보다는 돈 들어가는 본인의 운이 앞서서 작용한다는 것을 명심하시기 바랍니다. 만약 우리나라의 모든 부동산과 회사를 몇몇 재벌들에게 준다면 요즘 같은 경제 위기는 쉽게 해결될 것이라는 비상식적인 논리가 만들어집니다. 아직도 명의를 빌려서 하면 된다고 말하는 점집을 믿고 기름 들고 불 속으로 들어가는 분들이 없길 바랍니다.

아홉수는 나쁘다던데 사실입니까?

사주 명리학적으로는 단정적으로 말할 수 없는 이론
입니다. 왜냐하면 모든 사람이 다 나쁜 것은 아니기
때문입니다. 그렇다고 전혀 무시할 수도 없습니다.

주변에서 아홉수에 나쁜 일을 당하는 사람을 심심치 않게 볼
수 있기 때문입니다.

사람에 따라서는 아홉수보다 여덟수가 나쁜 사람이 있는데
거의 모든 사람이 아홉수를 꺼리므로 한번쯤 그 의미를 생각해
보는 것이 필요하다고 봅니다.

수에는 1에서 10까지가 있는데 1에서 5까지를 생수(生數)라
하고 5에서 하나씩을 더해서 되는 6에서 10까지를 성수(成數)라
합니다. 이때 끝 10에 도달하기 전 9가 마치 마지막 고개를 넘는
것처럼 숨을 고르는 의미가 있고 30대와 50대, 60대와 같은 출발
을 해야 되는 시점에 갖는 마지막 끝을 주의해야 하는 관념이
작용했다고 봐도 됩니다.

좋은 일 중에 나쁜 일이 있을 수 있다는 의미에서 볼 때도 잘 나가다가 마지막에 돌변하는 운을 조심하라는 의미가 될 수도 있습니다.

역학에서 연수(衍數)로 9에 해당하는 천간(天干)은 경(庚)이고 지지(支地)는 신(申)인데 경은 상승과 성장을 제하는 금기(金氣) 운으로 수축, 응고의 성질이 있습니다. 또한 신은 수레바퀴에 축을 그려놓은 형상으로 천기가 하강하여 만물을 투과하는 존재를 뜻합니다. 그래서 아홉이란 숫자가 수축되고 응고되어 성장이 위축되다 보니 운이 나쁘게 작용했다고 추측할 수 있습니다.

한문에서 보면 아홉 구(九)자는 새 을(乙)에 삐침(丿)이 첨가된 것으로 을(乙)은 구불구불한 것을 나타내 새의 창자 또는 등나무나 넝쿨처럼 돌고 도는 것을 의미하기도 합니다.

그러나 칠(七)이란 수도 한 일(一)과 새 을(乙) 부가 만난 것인데 나쁘다는 것보다는 좋다는 생각이 많습니다. 그것은 을(乙)을 일(一)자로 매듭을 푼다는 의미입니다.

또한 우리 민족이 아홉이라는 숫자를 특별히 생각하는 것을 여러 곳에서 발견할 수 있는데 여우를 구미호라 하거나 구사일생(九死一生), 구중궁궐(九重宮闕) 등에서도 알 수 있습니다.

참고로 사람의 운은 1수에서 10수까지 바뀌는 나이가 다 다릅니다. 한 살, 열한 살, 스물한 살, 또는 두 살, 열두 살, 스물두 살 등 모두 다르므로 운 바뀔 시기에 운이 나쁘면 그 사람은 한 살 때마다 또는 두 살 때마다 운이 나쁘다고 기억하게 됩니다.

그런데 유독 주변에서 아홉수가 나쁜 사람들이 많은 것을 꾸준히 지켜본 결과이므로 현재 운이 좋은 사람들은 상관없으나 운이 나쁘고 안 좋은 일이 진행중인 사람들은 주의해야 합니다.

즉 운과 연관되어서 일어나는 것이지 특별히 아홉수가 나쁜 것은 아닙니다.

따라서 운이 나쁘게 돌아가는 사람은 그 운이 가중될 수도 있습니다. 예를 들어 와병중이거나 금전 손해로 소송중이거나 부부 사이가 냉전중인 사람들은 특히 아홉수를 신중히 보내야 한다고 생각합니다.

필자의 예를 들면 저는 30세 이전의 운이 상당히 나쁜데, 잘못하면 목숨을 잃거나 어디가 잘못 될 수 있는 운이었습니다. 그러다 보니 나쁜 운이 겹칠 때에는 상당히 조심스럽게 행동합니다.

필자가 19세 때에 형님의 친구분이 음주 운전중 인도를 넘어 담을 받는 사고를 내어 어깨뼈가 부러지고 왼쪽 고막이 터지는 사고를 당한 적이 있습니다. 필자 역시 29세에 택시를 들이받은 적이 있습니다.

한 해 전에도 경운기를 들이받은 적이 있습니다만 본인이 당한 두 번의 사고는 큰 사고임에도 21세 이후부터 기도와 신의 세계를 믿고 있었기에 그나마 다행으로 살아날 수 있었습니다.

그 때의 운과 아홉 수의 합작으로 이루어진 아찔한 사고였습니다. 나쁜 운일수록 조심해야 하지만 무엇보다 기도 생활이 좋다는 것을 알았습니다. 종교가 없으면 돌아가신 조상님께 새해 제사 때라도 열심히 빌면 현저히 그 액을 막을 수 있습니다.

❓ 성형수술로 운명을 바꿀 수 있습니까?

답 사주가 같거나 이름이나 생김새가 같은 사람이 있습니다. 생긴 것은 쌍둥이가 가장 구별하기 힘들겠지만 타인인 경우에도 너무 비슷해 보이는 이들을 쉽게 만날 수 있습니다.

그런데 그 생김에 따라 운명을 알 수 있다 하여 관상이 사주학과 같이 미래를 예측하는 학문으로 발전하였는데 마의 상법이 그 고전 중의 고전이라 합니다. 그 이론에 바탕을 두고 많은 관상 전문가들이 배출되었습니다.

요즘은 성형 수술이 보편화되어 얼굴형까지 바꿀 수 있고 쌍꺼풀이나 코 수술은 아주 간단히 하게 되었습니다. 따라서 쌍꺼풀 수술하는 데도 언제 하면 좋은지, 또는 수술을 해도 괜찮겠는지, 수술 후에는 운에 어떤 영향을 주는가 등의 질문이 아주 많습니다.

심성이 얼굴에 나타난다는 말이 있습니다. 그래서인지 사람들은 부리부리하게 생긴 사람에게는 마음이 넓고 화통하다고 하고 오밀조밀 생긴 사람에게는 꽤 알뜰하게 살겠다, 하는 말들을 서슴없이 합니다. 그러한 인상이 인위적으로 바뀌면 어떻게 되겠습니까.

본인의 생각은 개인차는 있겠지만 운명에 영향을 준다고 봅니다.

예를 들어 자신의 얼굴에 불만을 가지고 대인 공포증이 있던 사람이 얼굴 수술 후 사람을 잘 사귀고 보다 적극적이 됐다면 이는 의술이 사람을 살리는 것으로, 이보다 더 좋은 개운법은 없을 것입니다.

그리고 사람들의 선입견인데 웃는 얼굴에 화 못 낸다는 말처럼 인상이 좋아지면 다른 사람이 그 사람에게 일단 좋은 감정의 기운을 보내는 것으로 서로가 좋습니다. 다만 한가지 걱정은 누구나 성형 수술로 보다 나아질 수 있는가 하는 문제입니다. 코가 낮아도 본래의 모습이 따스하고 진실하게 보일 수 있기 때문입니다.

관상에서 제일 중요시하는 것은 기색(氣色)에 있으므로 보통 사람도 조금만 관심을 가지고 본다면 아픈 기색인지 피곤하고 근심 걱정하는 기색인지를 쉽게 알 수 있습니다. 그 기색은 마음에서 나오므로 그 근본적인 마음을 고치는 것이 개운법 중에 가장 확실한 것이라고 봅니다.

따라서 아무리 못생긴 사람도 자꾸 보면 예쁘게 보이는 것은 그가 성실한 사람이기 때문이고 아무리 잘 생긴 얼굴도 자세히 보면 독살스럽게 생긴 것도 마음이 그와 같기 때문입니다.

따라서 성형의 결과가 어느 정도 운을 바꿀 수 있는 것이 사실이나 아무리 좋게 바꾸어도 계속 마음이 나쁘거나 괴로우면 다시 얼굴이 보기 싫게 나타납니다.

결론적으로 성형수술은 운명과 연관하여 본다면 꾸준히 효과를 보기에는 역부족일 수밖에 없습니다.

얼굴은 마음의 거울이기에 사십대 이후의 얼굴은 자신이 책임져야 한다는 말이 있는데 이는 상당히 설득력 있는 말입니다. 좋은 옷을 입고 외출할 때의 즐거움도 유행이 바뀌면 더 새로운 것을 찾게 되듯 변하지 않는 아름다움을 위해 노력해야 할 것입니다.

누가 보더라도 별 호감을 가지지 않을 인상의 아가씨가 온 적이 있습니다. 그녀에 따르면 자신에겐 애인이 없으며 친구의 권유로 코 수술을 하고 싶은데 해도 괜찮을지 물으러 왔습니다. 수술 운도 있고 몸에 이상이 있는 운도 아니므로 의사의 지시에 따라 적당한 시기에 받으면 좋겠다고 감정을 하였습니다.

그리고 일 년쯤 후 다시 찾아 왔을 때는 사주를 보고서야 예전에 왔던 아가씨라는 것을 알 수 있었습니다. 수술을 했으며 결과가 기대 이상이어서 지금은 남자 친구도 많고 하여 궁합을 보러 왔다며 두 남자의 사주를 내 놓았습니다. 성형 수술로 하여 운이 많이 바뀐 경우입니다.

사주 보는 법

? 1966년 음력 1월 10일 생이라 말띠로 알고 있었는데 사주 볼 때 뱀띠라고 하더군요. 왜 그런지요?

답 상담자들 중에는 이와 같이 음력으로 1월이 지나서 태어났는데도 전 해의 띠로 간주하여 사주를 보게 되는 경우가 허다합니다. 반대로 12월 생인데도 그 다음 해의 띠로 보는 경우가 있습니다.

이것은 사주에서 연주를 세울 때 기준이 되는 입춘이 지나고 안 지나고의 차이인데 입춘은 대개가 양력 2월 4일입니다. 이때 부터 새해로 보기 때문입니다.

그러면 사주 볼 때는 그렇다치고 보통 무슨 띠라고 대답해야 옳은가 하는 의문도 생깁니다. 일반적으로 음력을 기준으로 띠를 설정하므로 위 같은 사람은 사주 볼 때는 뱀띠이고 원래의 띠는 말띠가 됩니다.

같은 맥락으로 밤 11시 30분에 태어난 사람은 사주상으로는 다음날 자시로 사주가 시작되는데 생일은 그냥 그날로 해도 된다고 봅니다. 아직 자정이 넘지 않아 오늘밤이라고 해야 되기

164

때문입니다.

　해나 날이 바뀌는 순간에 애매하게 태어나신 분들은 고민하지 마시고 사주 팔자를 뽑을 때 외에는 그냥 정상적으로 계산하여 알고 지내면 됩니다.

? 생일은 음력으로 해야 좋다고 하는데 사실입니까?

답 태어나서 처음으로 백일째 되는 날에 건강하게 자라기를 기원하는 의미에서 백일 잔치를 하고 첫돌을 넘기고부터는 누구나 일년에 한 번씩 생일이라는 것을 맞이하게 됩니다.

그런데 그 생일을 양력으로 하는 사람과 음력으로 하는 사람이 있는데 이때 음력으로 생일을 해야 한다는 생각을 가지고 요즘 세대의 자녀에게도 음력 생일을 챙겨주는 분들이 있습니다.

얼마 전까지만 해도 나라에서 신정을 권장하고 구정 때에는 휴일을 없애고자 하여 자영업하는 분이나 시골에서만 구정을 지냈던 적이 있습니다.

요즘은 다시 구정 휴일을 많이 만들어 자연스럽게 구정을 지내게 했습니다. 아무래도 음력 설이 명절같이 느껴지는 것은 오랜 관습이며 특히 농경 사회의 특징인지도 모르겠습니다.

1896년 1월 고종께서 처음으로 양력을 사용하기 이전에는 1삭

망월의 주기인 29.53059일을 한 달로 하여 12개월은 354.367058일이 되므로 8년에 3개월 19년에 7개월, 27년에 10개월의 윤달을 넣도록 하였습니다. 그레고리력은 400년에 97회의 윤년을 두어 3319년이면 1일 차이가 납니다.

이렇듯 태양력과의 차이가 있다 보니 음력이나 양력 생일은 그 시기가 다르게 진행되고 있습니다. 따라서 음력이든 양력이든 자신이 태어난 날과 똑같은 기운을 가진 때를 찾는 것은 살아 있는 동안은 거의 불가능합니다. 각주구검과 같이 흘러가는 배에서 칼을 떨어뜨려 찾는 것과 같은 겁니다.

양력이든 음력이든 기념하는 날 그 이상의 뜻은 없으며 윤달에 태어나면 생일을 거르게 된다고 생각하는데 양력으로 하면 쉽게 해결될 문제입니다. 생일은 기억하자는 데 의미가 있습니다. 잘 참고하시기 바랍니다.

? 신기가 많다는 말을 듣는데 무슨 뜻입니까?

답 누구나 다른 사람보다 좀더 나은 점을 가지고 있게 마련입니다. 운동을 잘하거나 노래를 잘하는 재능이 있는가 하면 한번 본 사람의 성격도 금방 알아 맞추는 사람이 있습니다. 또 꿈이 잘 맞는 사람, 이거다 하면 틀림 없이 곧이 곧대로 되는 사람, 그리고 종교인 중에는 기도를 하는 도중에 신의 언어로 말을 하는 사람도 있습니다. 기독교에서는 성령을 받는다 하여 의식을 치르는데 그것도 신의 기운을 받는 것이지요.

대체적으로 20퍼센트 가량의 사람들은 신과의 접촉이 수월한 기운을 가지고 태어나기 때문에 어느 정도의 기도나 노력을 기울이면 쉽게 좀 색다른 재능을 부여받을 수 있는데 그 중에는 예언이나 병을 고치는 능력이 제일 많습니다.

그런데 문제는 이 능력에 도통했다고 믿고 있으며 때에 따라서는 자신을 신적으로 추앙하게 하여 신도를 모으는 사람들이 더러 있습니다. 그런 사람을 보통 신기가 많다고 운명을 상담하는 이들은 말합니다.

이 재능을 잘 활용하여 열심히 기도한다면 남보다 훨씬 쉽게 소원을 성취할 것이고 일상 생활에서는 직감을 가지고 위험을 벗어나는 수도 있습니다.

30대 부인이 문을 열고 들어오는데 자세히 보니 얼굴이 심상치 않고 보통 사람과 다르게 강한 인상을 주었습니다. 어깨가 처져 있고 약간 옆으로 보는 습관이 있어 다른 사람들은 팔자가 세게 생겼다고 그냥 지나칠 인상이었지만 첫눈에, 신을 받았거나 앞으로 받을 팔자라는 것을 알 수 있었습니다.

사주를 묻기 전에 무슨 종교를 믿는지 물었더니, 특별한 종교는 없고 등산을 자주 하는데 절이 있으면 꼭 들어가 절을 한다고 했습니다. "꿈도 잘 맞고 소변 계통에 이상이 있지요" 하고 물으니 꿈은 너무 신기하게 맞고 신장이 안 좋아 치료를 받았다고 했습니다.

사주에는 승려나 목사 등 종교인이 되었을 팔자인데 지금이라도 그 길을 선택하거나 역술 또는 무속인이 되라고 했더니 전혀 놀라는 기색이 없었습니다. 사실 언제부터인지 가끔 무언가 눈에 어릿한 게 보이고 이상한 소리가 들리기도 한다는 것이었습니다. 무슨 계시 같은 것이 자신에게 일어나는 느낌을 받아서 늘 마음속으로 준비하고 있었다며 구체적으로 어떤 방법이 있는지 물어왔습니다. 그래서 필자는 꾸준한 기도가 필요하고 그러다 보면 스스로 확실한 방법을 알게 된다고 말해 주었습니다.

그 후 1년 뒤에 찾아왔을 때에는 신을 받고 얼마 전부터는 영업을 하고 있다는 겁니다. 이처럼 자신의 신기를 살려 무속인이 되는 경우가 있고 일상 생활에서 그것을 잘 활용하여 주변 사람들을 예지력으로 놀라게 하거나 병 등을 고쳐 주는 일을 하는 사람들이 상당수 있음을 흔히 볼 수 있습니다.

역술가는 나쁜 말은 잘 안 한다는데 사실입니까?

답 상담을 원하는 대개의 경우는 무언가 답답할 때입니다. 그러다 보니 절망적인 말보다는 앞으로 어느 정도 희망이 있음을 과장하여 말하게 되는 것 같습니다. 사실 그러한 이유로 상담자가 좀더 용기를 가지고 분발하여 성공으로 향한다면 좋겠지요.

다만, 전혀 운도 없는데 좋다고 해석해 준다면 듣는 사람으로서야 기분상 또는 일시적으로는 좋을지 모르나 결과는 더 크게 나빠지는 경우도 가정할 수 있습니다.

필자의 경우 50대 주부가 친구와 같이 와서는 자신이 언제 집장만을 할 것인가를 물었습니다.

운으로 볼 때 불가능한 일이고, 하여 아직 멀었다고 일러주었더니, 친구 앞이라 자존심이 상했는지 화를 내며 나가버렸습니다. 그리곤 필자를 원망했을지도 모릅니다.

만약 그 사람에게 곧 집을 산다고 했다면 기분이 좋아 자랑하고 다니면서 자연스럽게 제가 아주 잘 맞추는 사람이라고 시키지도 않은 선전을 하겠지요. 이것을 이용하여 상담자의 기분을 맞추는 역술가도 간혹 있습니다.

나쁜 것을 좋다고는 할 수 없지만 가끔 상담자의 기분을 고려하여 몇 년만 참으면 분명히 좋아지니 좀더 노력하라는 등 위로의 말을 듣게 되는 경우는 누구나 경험했을 것입니다.

그러다 보니 상담자 중에는 몇 살부터는 좋다고 했는데 좋기는커녕 더 나빠졌다고 화를 내곤 합니다. 그들은 역술가들 중에도 엉터리가 많다고 불평을 해댑니다. 이럴 때는 같은 역술가로서 정말 난감합니다. 희망을 가지고 부지런히 노력하였다면 분명 좋았을 것을 운만 기다리고 있었으니 제대로 풀릴 리가 없습니다. 움직이지도 않고 받으려고만 해서야 되겠습니까!

방안에 앉아만 있는 사람은 비가 오거나 눈이 오거나 맑은 가을 하늘이거나 별다른 느낌이 없습니다. 걷는 이보다 뛰는 사람이 운의 작용이 많을 수밖에 없는 것이지요. 역술가는 때론 냉정해야지 측은한 마음으로 해서는 절대로 안 된다는 것을 알게 됩니다.

하지만 어쩔 수 없는 경우가 있는데 가령 불치병 환자의 가족이 생사를 물을 때 같은 경우가 그것입니다. 그것은 이미 의사와 상의해 뻔히 알고 온 경우라 일시적이나마 위안이 되게 차차 나아질 거라는 식으로 말하기도 하고 아니면 좋은 곳에 묻히는 복이 있다고도 합니다.

하여튼 상담자의 처지에 따라 조금씩 감추는 것이 있는 게 사실입니다.

그러나 사업이나 그 외 돈과 관련된 것은 사실 그대로 얘기합니다. 왜냐하면 금전 운은 이 세상에서 생사가 달린 문제이기 때문입니다. 모든 것이 이 운의 영향을 받습니다.

　상담자들은 답답해서 좀더 좋은 소리를 듣고자 하는 것보다 현실을 명확하게 얘기해 줘서 가슴이 아프더라도 그것을 받아들일 자세가 필요합니다. 쓴 약이 몸에 좋다는 말처럼 운명은 냉정해야 이겨나갈 수 있다는 사실도 알았으면 합니다.

? **사주 명리학을 배우는 방법에 비결은 있습니까?**

답 서점에 가서 보면 사주학에 관한 책자들이 많이 나와 있습니다. 관심 있는 분들이 꾸준히 구독하고 그 연령층도 상당히 넓어졌습니다. 또 스포츠 신문 등에서도 성명, 관상 등 여러 가지를 연재하여 기초적인 이론을 설명하고 있는데 이러한 이유로 일반인들도 어느 정도 운을 보는 사람들이 있습니다. 게다가 철학원들도 많이 생기고 개인 연수생을 두려는 철학관들이 늘면서 전문가 수준의 일반인들도 꽤 있습니다.

어떻게 보면 명리학의 보편화로 누구나 보다 많이 이해하고 발전할 수 있는 것 같으나 필자가 우려하는 부분은 선무당 사람 잡는다는 속담처럼 이루어지는 피해 사례입니다. 구더기 무서워 장 못 담그냐는 말도 할 수 있겠지만 명리학이라는 것은 개인의 심성과 오랜 경험을 바탕으로 해야 하는 것입니다.

한 예로 사주에 과부살이 있을 때 상대방에게 "당신 혼자 살

겠군요"라고 말했을 때 맞을 확률은 시대적 영향으로 90퍼센트가 넘습니다. 이때 사주를 잘못 배운 사람은 살 종류만 외워 가지고(빠른 사람은 며칠 걸리지 않음) 여러 사람에게 상대방 입장을 생각하지 않고 마구 감정을 합니다.

그러다 보니 주변에 신문 몇 페이지 보고 책 한두 권 읽어 보고는 사주볼 줄 안다고 하는 사람도 생겨났습니다. 철학관에도 자신이 사주 공부를 한 사람이라며' 자신있게 말하는 사람이 많아 자세히 물어보면 전혀 상식 이하인 경우가 허다합니다.

중요한 것은 사주 팔자에는 겉으로 나타나는 것과 숨어 있어 볼 수 없는 경우가 있으니 숲을 봐야 하는 경우와 나무를 하나씩 관찰해야 하는 등 팔자로 볼 수 없는 부분이 많습니다. 따라서 오랜 경험이 있는 전문가에게 체계적으로 배우는 것이 가장 좋겠고 그 어떤 사람이라도 배울 수 있는 한계는 다만 글 읽고 쓸 수 있으며 이해하는 정도입니다.

그 다음은 스스로 마음 공부를 하고 우주순환의 원리를 공부해야만 타인의 운명을 볼 수 있음을 명심하시기 바랍니다. 다시 말하면 가르쳐준다는 것은 초등학교 수준의 한계이고 그 다음 단계는 스스로의 노력이라 봅니다. 아무리 훌륭한 선생님의 제자라 하여도 말입니다. 그것은 외운다고 되는 공부가 아니기 때문입니다.

그리고 의식있는 분들은 흥미 위주의 비슷비슷한 역서 발간을 자제해 주시길 바랍니다. 예전에 대장장이가 되기 위해 십년 동안 풀무질만 했었다는 데에는 모두 이유가 있는 것처럼 사주를 배우기 위해서는 먼저 자신과 인간에 대한 올바른 가치관이 있어야 한다고 봅니다.

사회 다른 분야는 다 멍들어도 역학만큼은 변질되지 않았으면 하는 간절한 소망입니다.

사람은 입 덕분에 음식을 먹고 살아가지만 입으로 인해 병도 얻고 죄도 짓습니다. 운명을 얘기하는 것은 신중해야 합니다. 보다 많은 분들이 서두르지 않고 좋은 공부를 꾸준히 하여 역학의 발전이 계속되길 바랍니다.

답 학문으로써 꾸준히 발달해 온 명리학이라도 감정하는 개인에 따라 차이가 있겠고 시대에 따라 학문의 응용도 달라질 수 있습니다. 분명히 농경 사회보다 복잡한 직업과 인간관계 그리고 사회의 변화 속도가 현저한 차이를 보이기 때문입니다.

의학의 발달과 생활 수준의 향상으로 평균 수명도 길어지고 자녀의 출산 수도 적으며 그것으로 인해 기존의 사주 감정과는 많은 차이가 생겨나게 되었습니다. 예를 들어 예전 같으면 팔자대로 자식을 낳았으나 지금은 중절 수술한 부부라면 아무리 팔자에 자식이 열 있다고 해도 그만입니다. 환경은 오염되어 가고 있어도 수명이 느는 것은 예전보다 팔자들이 좋아서 그런 게 아니라 의학의 발달에 기인한 것입니다. 따라서 학문의 적용도 그 시대에 따라 다른 방법을 연구하는 노력이 많이 이루어지는 추세구요.

사랑하는 남자와 결혼을 앞두고 신랑 측에서 궁합을 봤는데 신부가 역마살이 있어서 집밖으로 나돌아다닐 사주였습니다. 또 사주가 너무 세다 보니 집안에서 남자보다 목소리를 높이고 살겠다고 해서 남자네 집에서 은근히 혼사가 깨지기를 바란다며 아가씨 한 명이 찾아왔습니다. 사주를 보니 그 말이 사실이었습니다.

하지만 지금이 조선시대도 아니고 학문은 변화가 없더라도 그 응용은 시대에 따라 바뀌어야 하듯이 역마살이 있으니 맞벌이를 해도 여자가 원해서 하는 것이요. 그 살로 인해 부지런하여 운만 잘 맞추어진다면 사업가로서도 상당히 성공할 수 있습니다.

사실 이 아가씨는 역마에 재성이 풍부하여 성공이 확실하고 남자가 약한 사주라 이 아가씨와 같은 강한 여자를 만나야 행복할 수 있는데 당신 아들 사주의 흠을 알아 굴러들어오는 복덩이를 차 버리는 일이 없기를 바란다고 감정을 했습니다. 며느리가 집안을 일으키는 경우입니다.

이렇듯이 사주상의 살도 시대에 맞게 분석해야 옳습니다.

역술가나 무속인을 찾아가기 전에
가져야 하는 15가지 마음가짐

1. 내 계획과 전혀 다른 말만 한다면 믿지 않는 것이 좋다.

2. 큰 액이 있다고 열을 올리며 비방(秘方)을 권한다면 그냥 나와야 한다.

3. 과거 얘기만 하고 현재나 미래에 대한 언급이 적으면 일단 의심해야 한다.

4. 나쁜 운에 대해 말하며 운명을 바꾸는 방법 중 부적이나 굿으로 운을 완전히 바꿀 수 있다고 고액을 강요하면 믿지 말아야 한다.

5. 말을 바꾸는 사람은 믿지 말라.

6. 지나치게 상담실을 치장하거나 외모를 특이하게 가꾼 사람일수록 빈 수레가 많다.

7. 반말을 하는 사람일수록 사이비가 많다.

8. 무속인들 중 지나치게 이상한 목소리나 행동을 하며 점을 보는 사람은 가짜가 많다.

9. 한자리에서 꾸준히 영업하는 사람을 찾아가는 것이 최상의 방법이다.

10. 자기 자랑을 많이 하는 사람은 실력이 없다. 특히 도력을 말하는 사람.

11. 될 수 있으면 마음이 차분한 날 점집을 찾는 게 좋다. 그리고 상담 전에 물어볼 것을 정리하고 들은 말은 메모하는 게 좋다.

12. 두세 집에서 묻는다고 의문이 꼭 해결되는 것은 아니다. 왜냐하면 집집마다 다르게 결론이 나오는 경우가 있기 때문이다.

13. 오전에 찾아가 묻는 게 좋다는 말은 일리가 있으며 소문 난 잔칫집에 먹을 것이 없다고 유명한 집은 그 나름대로 허점이 있다. 따라서 자기에게 맞는 집을 꾸준히 찾는 게 피해가 없다.

14. 친구나 아는 사람과 같이 들으며 상담하는 것은 될 수 있으면 피하는 것이 좋다. 왜냐하면 옆사람이 들으면 안 되는 말이라 판단해 숨기는 경우가 있다.

15. 감정 노출은 되도록 안 하는 것이 좋다. 단, 맞고 틀린 것은 그 자리에서 대답해 주라.

주역 64괘를 통한 운수 보기

제 7장 하 세 운 ：

점의 원리

주역은 원래 점치는 책이다. 점에는 우주와 인간의 조화가 있기에 점치는 목적보다는 심오한 철학의 원리를 알아내기 위하여 주역에 있는 성인의 도를 찾아 많은 현자들이 공부하고 있는 것이다.

그 옛날 천지 자연의 변화에 민감했던 시대의 사람들은 창조자이며 관리자인 하늘의 뜻에 따라 순종하고 안정과 행복을 위해서는 천지 자연의 법칙을 본받기 위한 실천만이 전부라고 믿었다. 하늘의 뜻과 통하기 위한 자연을 하늘, 땅, 불, 물, 바람, 우레, 산과 못으로 구분하여 팔괘를 만들고 또 육십사괘를 만드니 인간의 온갖 길흉화복과 변화의 법칙이 육십사괘를 벗어날 수 없다.

공자는 계사상전에서 다음과 같이 말했다.

'주역은 만물의 뜻을 개통하고 천하의 모든 일을 성취한다. 그 도는 천하를 덮고 주역에 의해 천하의 뜻을 개통하고 천하의 모든 일을 정할 수 있다…… 한 번은 음(陰)하고 한 번은 양(陽)한다. 이것을 천지 자연의 도라고 한다. 이것을 계승한 것이 선(善)이요. 이것을 형성한 것이 사람의 본성(本性)이다. 도의 상징을 이룬 것을 건(乾)이라 하고 도의 법칙을 본받은 것을 곤(坤)이라 한다. 변화하는 이치를 따라 미래를 아는 것을 점이라 한다. 변화를 통해 발생하는 것은 일이라 한다. 천하 만물이 모두 음양의 변화에 따라 생성 발전하며 미리 추측할 수 없는 것을 신(神)이라 한다.'

이렇듯 우리가 알고자 하는 것은 알고 있는 것에서 시작되고 하늘과 일치하는 원리를 알고 그 마음과 합일이 될 때 점으로써 일의 시작과 끝을 알 수 있다.

점치기 전의 마음가짐

우선, 꽃봉오리가 터져나오는 소리가 들릴 정도로 자연의 움직임에 마음을 집중하고 알고자 하는 점사(占事)를 일심으로 기원하며 점을 쳐야 한다. 같은 점사를 가지고 두 번 이상 점을 치는 것은 점을 믿지 않는 것이므로 아무 소용이 없다. 무엇보다 자연과 합일하는 마음일 때 하늘은 괘를 통해 명쾌한 대답을 나타낼 것이다.

참고로 재물에 관한 점사로 얻은 괘에서 혼인이나 기타 다른 궁금증을 보는 것보다는 새로운 물음은 새 괘를 얻어 보는 것이 정확하다. 그러므로 하나의 점사에 하나의 괘를 얻는 것이 정석이라 할 수 있다.

단, 일년 신수와 같이 대체적인 점사는 하나의 괘를 가지고 모두 참고할 수 있다.

점치는 방법

점치는 방법은 어떠한 것이든 음양을 얻어 육효(六爻)를 만드는 것이므로 그 방법이 매우 다양하다. 길을 가다가 지나는 남녀를 세어보면서도 가능하고 자동차의 번호판을 보고도 가능하다. 이렇듯 점을 치려는 마음이 동(動)하고 그 마음에 응(應)하는 사물을 가지고 괘를 만드는 것이 점이기 때문이다.

그 중 누구나 쉽게 할 수 있고 간편하게 쓰이는 점치는 법을 몇 가지 소개한다.

1. 동전점

동전에는 앞뒤가 있다. 우선 어느 한쪽 면을 음(陰)이나 양(陽)으로 정해야 한다. 먼저 동전 여섯 개를 가지고 마음을 가다듬고 손에서 흔들든지 이리저리 만지다가 손을 멈춘다. 일렬로

포개진 동전을 아래에서 위의 순서로 여섯 개를 늘어놓는다. 그 다음 음양에 따라 괘를 만들면 된다.

육효 중 밑의 일효가 시작이며 아래 삼효를 하괘라 하고 위 삼효를 상괘라 한다. 예를 들어 아래 효가 차례로 음(- -), 양(—), 양(—)의 삼효(☴)라면 손괘(巽卦)로 하괘가 되며 위 세효가 양(—), 음(- -), 음(- -)이면 삼효(☳)가 진괘(震卦)로 상괘가 된다. 읽을 때는 상괘부터 시작하여 손(巽)은 풍(風)으로 진(震)은 뇌(雷)로 하여 뇌풍항(雷風恒)괘가 나온 것이다. 동전이 하나일 때는 하나씩 일효부터 차례로 여섯 번 작괘(作卦)하면 된다. 이 괘를 도표에서 찾아서 괘풀이를 읽으면 된다. (191쪽 팔괘의 이해 표 참조)

2. 화투점

화투를 잘 섞어가다가 마음이 내킬 때 여섯 장을 차례로 아래에서 위로 놓는데 홀수는 양, 짝수를 음으로 정하면 된다. 쉽고 간편하게 괘를 얻을 수 있다. 오동이나 비가 나왔을 때는 이를 변효 즉, 양과 음을 바꾸어도 된다.

3. 윷점

도, 걸, 모는 양으로 개와 윷은 음으로 정하고 하괘와 상괘를 얻는다. 이때 모는 변효로 사용해도 된다.

4. 변효(變爻) 정하는법

역은 변화하는 이치이니 한 가지 점사에 따라 괘를 얻은 후에 일의 변화는 어떻게 되는지 알아보는 방법으로, 육효 중에 음이 양으로 양이 음으로 변화하여 본래의 괘에서 변괘를 얻는 것이다.

동전 세 개를 가지고 차례로 여섯 번을 던진다. 이렇게 여섯 번에 걸쳐 얻은 괘는 이미 얻은 괘의 일효부터 순서대로 해당하는 것이다. 가령 네 번째 던졌을 때 3개가 모두 같은 면이 나왔다면 먼저 얻은 괘의 4효에 해당하는 것이다. 그 네 번째 효가 반대의 음이나 양으로 바뀌는 것이다. 이때 세면이 모두 같은 면이 나오지 않으면 한 효도 변하지 않게 되고 반대의 경우가 나오면 여섯 개 효 모두 변할 수도 있다.

예를 들어 뇌풍항(䷟) 괘에서 네 번째 효가 변효라면 양효가 음효로 변하는 것인데 이때 상괘인 뢰(☳)괘(진괘라고도 함)가 곤(☷)괘로 바뀌어 지풍승(䷭)(地風升)괘가 나온다.

변효를 얻는 법은 각자 응용의 묘를 살려 얻을 수 있다. 예를 들어 점을 쳐서 건위천(乾爲天)괘를 얻고 있는데 두 사람이 다가와 말을 걸었다면 이 효를 변효로 생각해 천화동인괘(天火同人卦)를 얻었다고 누가 틀리다고 말할 수 있겠는가. 모든 사물에는 응함이 있는 원리이다.

괘에 대한 간단한 상식

점 좋아하세요?

팔괘의 이해

괘 형	䷀	䷹	䷝	䷲	䷸	䷜	䷳	䷁
괘 이 름	건(乾)괘	태(兌)괘	이(離)괘	진(震)괘	손(巽)괘	감(坎)괘	간(艮)괘	곤(坤)괘
의 미 자연	하늘	못	불	우레	바람	물	산	땅
사람	부(父)	소녀(少女)	중녀(中女)	장남(長男)	장녀(長女)	중남(中男)	소남(少男)	모(母)
방향	西北	西	南	東	東南	北	東北	西南
성질	강건	즐거움	붙음	움직임	들어감	빠짐	정지	유순
신체	머리	입	눈	발	다리	귀	손	배
동물	말	양	꿩	용	닭	돼지	개	소

1	2	3	4	5	6	7	8	9	10	11	12
☰☰	☷☷	☵☳	☶☵	☵☰	☰☵	☷☵	☵☷	☴☰	☰☱	☷☰	☰☷
乾爲天	坤爲地	水雷屯	山水蒙	水天需	天水訟	地水師	水地比	風天小畜	天澤履	地天泰	天地否

13	14	15	16	17	18	19	20	21	22	23	24
☰☲	☲☰	☷☶	☳☷	☱☳	☶☴	☷☱	☴☷	☲☳	☶☲	☶☷	☷☳
天火同人	火天大有	地山謙	雷地豫	澤雷隨	山風蠱	地澤臨	風地觀	火雷噬嗑	山火賁	山地剝	地雷復

25	26	27	28	29	30	31	32	33	34	35	36
☰☳	☶☰	☶☳	☱☴	☵☵	☲☲	☱☶	☳☴	☰☶	☳☰	☲☷	☷☲
天雷无妄	山天大畜	山雷頤	澤風大過	坎爲水	離爲火	澤山咸	雷風恒	天山遯	雷天大壯	火地晋	地火明夷

192

37	38	39	40	41	42	43	44	45	46	47	48
風火家人	火澤睽	水山蹇	雷水解	山澤損	風雷益	澤天夬	天風姤	澤地萃	地風升	澤水困	水風井

49	50	51	52	53	54	55	56	57	58	59	60
澤火革	火風鼎	震爲雷	艮爲山	風山漸	雷澤歸妹	雷火豐	火山旅	巽爲風	兌爲澤	風水渙	水澤節

61	62	63	64
風澤中孚	雷山小過	水火既濟	火水未濟

193

괘 풀이

주역의 풀이는 많은 선인과 대가의 연구와 노력으로 원문의 괘사와 효사의 풀이가 이루어졌으며 이 또한 현세의 우리들 생활의 직접적인 궁금증과 거리가 있어 쉽게 풀이하고자 하는 노력들이 꾸준히 진행되었습니다.

주역은 성인의 도이기 때문에 그 누구도 독특한 해석이 나올 수 없으니 그 권위와 정확성은 신의 경지라 할 수 있습니다.

따라서 여기의 괘 풀이도 필자의 창작이 아니며 다만 어려운 말을 쉽게 적고자 노력했을 뿐입니다.

1. 건위천(乾爲天)

건(乾)은 크고 가득 찬 것을 나타낸다. 하늘의 비와 바람이 삼라만상을 키우고 있다. 따라서 이 괘는 좋은 괘다. 너무나 좋기 때문에 모든 것은 차면 기운다는 것이 자연의 순리이니 현재 꾸준히 준비해 온 사람에게는 이보다 더 좋은 괘는 없으나 의외의 불로소득을 꿈꾸는 사람에게는 큰 재난이 기다리고 있음을 암시한다.

운수 새롭게 출발하는 상이다. 모든 계획을 서서히 착수하며 물질적인 면보다 정신적인 면이 보다 강하다.

소원 윗사람과 연관된 일이면 이루어진다. 취직, 시험 등에도 좋다.

재물 겉만 보고 달려드는 경향이 있어 손재가 예상된다.

혼인 여자에게만 좋다. 남자는 경쟁자가 많아 성사되지 않는다.

애정 남자가 너무 적극적이다. 물러나 기다려야 한다.

구직 직업을 얻는다. 언변이 필요한 직업에 운이 있다.

시험 실력에 비해 큰 시험이다. 다시 한 번 잘 생각해 보라.

매매 이루어진다. 시세도 다 받는다.

건강 신경계통과 소화기 계통에 조심해야 하지만 쉽게 낫는다.

여행 산행은 주의하고 다른 건 대체로 무난하다.

소식 시일이 걸려서 기다리던 소식을 듣는다.

실물 서북방에서 찾으라. 대체로 찾기 힘들다. 2일 이상이면 포기하라.

심인 동남에서 서북방으로 진행, 스스로 연락하기 전에는 힘들다.

소송 내 입장만 내세우기보다는 한발 물러나 관망하는 게 좋다.

이사 서북방은 길하고 동남방은 이사하지 않도록 해야 한다.

생자 순산, 딸.

증권 곧 급락의 기미가 있다. 처분하라.

상품구매 충동구매 운. 꼭 필요한 물건만 구입하라.

2. 곤위지(坤爲地)

대지의 평안함과 포용력을 나타내는 괘이다. 만물을 번성시키는 무한한 힘을 바탕으로 하늘과 순응하며 창조의 대업을 이루고 있다. 따라서 이 괘는 지루한 겨울을 보내고 봄을 기다리는 형상으로 이제 서서히 인내력을 가지고 전진할 때이다. 가정적으로도 안정되며 항상 여성다운 유순함과 정숙함을 잃지 않으면 땅이 무한한 것처럼 행운이 올 것이다.

운수 운은 순조롭게 진행되나 땅은 낮은 것을 추구하는 만큼 너무 거창한 것보다는 내면적인 것, 즉 사무적인 일에 가능하다.

소원 서두르지 마라. 윗사람에게 열쇠가 있다.

재물 콩 심은 데 콩 난다는 식의 운이다. 이루어진다.

혼인 여성 쪽에서는 서둘지 마라. 행복하지 않다. 결국 이루어진다.

애정 다른 여성의 시샘이 있다.

구직 좀 시일은 걸리나 가능하다.

시험 어렵게 이루어진다.

매매 조금씩 양보하여 계약이 된다.

건강 만성 위염, 관절 주의.

여행 강이나 해변 등의 여행 외에는 미루는 것이 좋겠다.

소식 1주일 후면 소식이 온다.

실물 나이 먹은 여성에게 물어 보라. 늦게 찾는다.

심인 가까운 곳에 있다. 일주일 후에 찾는다.

소송 꼼꼼히 따져 볼 것. 생각보다 어렵다.

이사 서남방은 길하고, 동북방은 흉하다.

생자 순산. 산후의 허리병을 주의하라.

증권 떨어진다.

상품구매 저가 제품이면 무난하다.

3. 수뢰둔(水雷屯)

둔(屯)은 정체한다는 뜻이 내포되어 있다. 그 막혀 있음은 고민한다는 뜻으로 아주 미약한 힘으로 봄의 새싹이 지표면을 뚫지 못하고 안타까워하는 것이다. 그러나 시간이 지나면 모든 것이 새롭게 태어난다. 넉넉잡고 3, 4개월 또는 길게는 3, 4년 기다리면 희망이 보인다. 길운으로 향하기 위해 꾸준한 노력이 필요하다.

운수 물질의 욕심을 억제하고 기다리면 좋다.

소원 상당한 시간을 요한다. 오래 묵은 소원은 이룬다.

재물 당장은 금전 융통이 되지 않는다.

혼인 중간에 방해 요인이 있으나 결코 나쁜 인연은 아니다.

애정 서로에게 솔직함이 좋겠다. 감정 표현을 미루지 마라.

구직 학문 등 지식을 가지고 일하는 곳은 가능하다.

시험 다음을 기약하고 더욱 열심히 하라.

매매 의견일치가 안 된다.

건강 신경성 소화불량.

여행 불건전한 여행 수. 구설 주의.

소식 늦어진다.

실물 깊숙이 들어가 있어 찾지 못한다.

심인 찾는 것이 무의미하다. 단, 혈육 관계는 머지 않아 찾는다.

소송 별반 소득이 없다. 타인에게 진행토록 하라.

이사 현재는 불리하다.

생사 순산. 아들.

증권 약간 떨어지다 조금 상승.

상품구매 무리한 지출 수.

197

4. 산수몽(山水蒙)

몽(蒙)은 '어리다' 즉 가르침을 나타내는 괘이다. 현재는 여리고 미약하지만 곧 광명이 옴을 뜻한다. 산 속의 작은 샘물에 비유한 괘로 끊임없이 솟아나는 힘과 거친 들과 강을 지나 바다로 향하는 긴 여정을 볼 때 지금 이 괘를 얻은 이는 조금씩 발전해 나가는 상태이며 꿈을 위해 부단히 노력해야 한다.

운수 서서히 주위 사람의 의견과 도움을 받으며 성장할 것이다.

소원 지연 수. 합당한 일은 꼭 성취된다.

재물 수표, 어음 주의. 소액은 원활하다.

혼인 남자가 나이 어린 혼담이거나 재혼은 성립된다.

애정 짝사랑의 모습. 이루지 못한다.

구직 타인을 가르치는 직업이면 성사된다.

시험 연습삼아 홀가분하게 응시하라. 준비가 부족하다.

매매 조금 손해 보는 듯해도 계약하라.

건강 스트레스 때문에 생기는 병, 변비나 설사 주의.

여행 몸이 걱정된다. 짐도 잘 챙기지 않으면 안 된다.

소식 올 뜻이 있으나 시일이 걸린다.

실물 찾지 못한다.

심인 스스로 돌아온다. 20세 미만은 3일, 어른은 3개월.

소송 얼른 화해하라. 의외로 패소한다.

이사 이사는 불길.

생자 산모가 침착해야 한다. 아들.

증권 약간 상승에 매도하라.

상품구매 가정 필수품을 사기에 좋은 운이다.

5. 수천수(水天需)

하늘 위에 물이 있는 형상이니 구름이 잔뜩 낀 하늘을 보며 비를 기다린다는 뜻으로 수(需)를 쓰고 있다. 모든 사람은 아무리 뛰어난 지혜와 재주를 지녔다 하여도 사회와 개인에게 인정받기 위해서는 은인자중 기다려야 한다. 마지막 순간까지 참고 출발 신호를 기다리는 자만이 성공으로 향할 수 있으며 행운을 자기 것으로 만들 수 있다.

운수 여유를 가지고 조금만 참으면 머지않아 원조자가 나타날 것이다.

소원 오랜 소원은 이루어진다.

재물 소액 융통 수, 지출할 마음이 앞서 있다.

혼인 연상의 여자일 경우 이루어진다.

애정 불손한 마음이 있다. 주의하라.

구직 좋은 직장이 되겠다.

시험 좋은 결과가 있다. 문학 방면의 시험이면 더욱 좋다.

매매 뜻대로 안 된다. 가격을 절충하라.

건강 치료기간이 긴 병이다. 고혈압과 위장병.

여행 날씨가 안 좋다. 도난 주의.

소식 늦으나 온다.

실물 찾지 못한다.

심인 바다나 강이 보이는 산 아래에 있다.

소송 시일이 많이 걸리고 이득이 적다.

이사 무리하지 마라. 금전이 좋지 않다.

생자 난산의 기미, 초산은 딸.

증권 약간 상승.

상품구매 다음으로 미루라.

6. 천수송(天水訟)

송(訟)은 다툼 등 분쟁의 소지가 있는 상태를 말한다. 하늘은 위에 있고 물은 아래로 흐르고 있음을 나타내므로 상하가 맞지 않고 서로 대립하는 것이다. 송은 누구에게나 불리하다. 몸부림을 치면 더욱 어려운 지경에 빠지게 된다. 또한 아무리 정당해도 사기 사건이나 소송에 말려들 위험이 있다. 유순한 태도로 남과 화합하며 장차 다가올 새 운을 기다려야 한다.

운수 매사 조심하며 기다리면 차차 좋아진다.

소원 방해자로 인해 이룰 수 없다.

재물 융통은 어렵다. 지출도 많겠다.

혼인 성립되지 않는다.

애정 남자가 좀더 포용력을 가지고 사귀어야 한다.

구직 마음에 들지 않아 곧 그만 두겠다.

시험 당장은 시험 운이 없다. 갈등을 가지지 않도록 하라.

매매 이루어지나 서류상의 문제로 다툴 수.

건강 방심주의, 상해 운.

여행 풍류 기분으로 건강을 해친다.

소식 이쪽에서 먼저 연락하라.

실물 찾기 힘들다.

심인 기다리지 마라.

소송 손해가 많다. 취하하라.

이사 흉하다. 움직이지 마라.

생자 난산이다. 의사와 잘 상의하면 된다.

증권 진폭이 크다. 손재수.

상품구매 하자 있는 물건을 살 수이므로 잘 살펴야 한다.

7. 지수사(地水師)

본 괘는 군대가 움직이고 싸움이 임박한 상태를 나타내므로 이 괘를 얻은 사람은 전쟁에 나가는 장수와 같다. 함부로 전쟁을 일으켜 화를 자초할 염려가 있으므로 충분히 의견을 수렴하고 실력을 닦아 나간다면 승산이 있다.

운수 타인이 손해를 보면 본인은 운세가 좋다.

소원 천천히 이루어진다.

재물 낭비가 많다. 저축을 하라.

혼인 의견 충돌로 지연되겠다. 재혼은 가능하다.

애정 은근한 연민의 정을 나눈다.

구직 좋은 직장이 기다린다. 조급해하지 마라.

시험 좋은 결과가 있다.

매매 중재자로 인해 이루어진다.

건강 소변기 계통과 설사병 주의.

여행 원거리 여행 수.

소식 시간이 걸린다.

실물 장롱이나 책상 등의 밑을 찾으라.

심인 기다리고 있다. 빨리 찾아라.

소송 시간을 끌면서 충분히 준비해야 이긴다.

이사 현 위치를 고수하라.

생자 아들.

증권 서서히 오르는 상태.

상품구매 타인의 선물을 사는 게 좋겠다.

8. 수지비(水地比)

땅 위에 물이 고이면 강을 향하여 함께 나아가는 형상이니 여러 동지를 얻어 뜻하는 바를 이루고 특히 가정적으로도 조화를 이룰 수 있다. 공동 사업에 아주 좋다.

운수 상하 모두 신뢰할 수 있으므로 혼자 나서지 말고 나란히 전진.

소원 이루어진다.

재물 금전 융통이 원활하다.

혼인 좋은 반려자가 있다. 이루어진다.

애정 서로를 이해하는 사이.

구직 아는 사람에게 부탁하라.

시험 다음에는 꼭 된다.

실물 찾기 힘들다.

심인 주변에서 찾으라. 찾는 데 시일이 걸리겠다.

매매 당장은 이루기 힘들다.

건강 소화 불량을 주의. 대체로 건강한 편.

여행 단체 여행 수.

소식 늦게 도착하는 경우이다.

소송 잘 타협하여 끝내는 것이 좋다.

이사 2대 이상의 이사는 좋다.

생자 순산, 초산은 딸.

증권 약 보합세.

상품구매 세일을 이용하라.

9. 풍천소축(風天小畜)

소축(小畜)은 적게 쌓는다는 의미가 있다. 하늘에 바람이 서늘하게 불면서 구름을 쌓다보면 금방 내릴 것 같은 비구름이 되고 대지를 적시기 전을 나타내는 것이다. 지금 준비중인 것에 착실히 노력하면 된다.

운수 조금은 답답할지 모르나 이내 풀리게 되므로 서너 달만 참으면 된다.

소원 방해를 조심하고 무리하면 안 된다. 적은 소원이 이루어진다.

재물 작은 융통이나 금전은 들어온다.

혼인 여러 번의 교섭이 필요하다. 마음에 들면 적극적으로 추진하라.

애정 고비가 많다.

구직 좀더 기술을 쌓고 기다려야 한다.

시험 국가고시 같은 큰 시험 외에는 무난하다.

매매 흥정을 잘해야 한다. 마지막에 틀어질 수 있다.

건강 사소한 병이 큰병이 되지 않도록 주의.

여행 가까운 곳은 가능하나 먼 곳은 피해야 된다.

소식 기다리지 말고 이쪽에서 먼저 연락해야 한다.

실물 집 밖에서 찾아보면 된다.

심인 도시에서 찾아보고, 특히 유흥장에 단서가 있겠다.

소송 처음엔 불리하다가 뒤에는 타협하는 수.

이사 가능하다.

생자 순산, 첫딸 운.

증권 약 보합세.

상품구매 제품의 완성도를 잘 살펴보고 사라.

10. 천택리(天澤履)

음효 하나가 양효 다섯을 이기겠다고 나서는 무모한 상태를 나타내는 것으로 호랑이의 꼬리를 밟는 격이다. 매사 신중하지 않게 계획했다간 큰 낭패를 볼 수 있다. 주위와 화합하면 좋겠으며 타인의 일을 도와주는 것이 안전하다.

증권 지연되는 일이 있겠으나 점차 해결의 실마리를 찾을 수 있다.

소원 작은 일에 이루어지는 결과가 있다.

재물 손재수를 주의해야 한다.

혼인 이루어지기 힘들다.

애정 서로 신의가 없다.

구직 상당 기간 기다리면 된다.

시험 교재나 공부 방식에 문제가 없나 살펴보라.

매매 서로 절충을 해야 한다.

건강 설사병을 주의.

여행 자제하는 것이 좋다.

소식 기다리지 마라.

실물 멀리 가서 못 찾는다.

심인 스스로 돌아올 때까지 기다려야 한다.

소송 이쪽이 불리하다.

이사 현 위치에 있어야 한다.

생자 산모의 건강을 주의. 딸.

증권 하락세.

상품구매 나중에 후회할 수. 충동 구매를 하지 마라.

11. 지천태(地天泰)

태(泰)는 크다는 의미로 만물이 풍성하고 매사가 안정되는 것을 말한다.

운수 많은 도움으로 성과를 얻을 수 있다.

소원 차근히 이루어 나가면 된다.

재물 상당히 좋다.

혼인 좋은 인연이다.

애정 서로 신중하며 믿음직하다.

구직 이루어진다.

시험 좋은 소식이 있겠다.

매매 가능하다.

건강 과식하지 마라. 소화불량.

여행 날씨도 좋다.

소식 기다린 보람이 있다.

실물 선반이나 높은 곳을 찾아보는 것이 좋다.

심인 찾을 수 있다.

소송 승소한다.

이사 서북방이 길하다.

생자 초산이면 아들이다.

증권 상승세.

상품구매 좋은 물건을 싸게 살 수 있다.

12. 천지비(天地否)

비(否)는 막힌다는 뜻이므로 생각지도 않은 방해가 있기도 하고 초조해하거나 성급하게 행동하여 계획을 망칠 수도 있다. 때를 기다리고 몇 개월만 참으면 된다.

운수 현재는 관망하는 것이 좋겠다.

소원 작은 소원이 7할 정도 이루어진다.

재물 지출에 유의하라. 소비가 많다.

혼인 장애가 많으므로 한쪽이 양보해야 이루어진다.

애정 사소한 것으로 다투고 오해가 있을 수.

구직 조건 없이 일할 수 있는 마음이 있어야 이루어진다.

시험 좀더 노력해야 한다.

매매 가격의 타협이 안 된다.

건강 급성 위염 주의.

여행 여행중에 다툼이 있겠다. 타인을 주의.

소식 연락이 없겠다.

실물 깊은 곳에 있어 찾기 힘들다.

심인 멀리 가 있다. 포기하라.

소송 이쪽이 유리해도 패소한다.

이사 동남쪽 외에는 가지 마라.

생자 건강상 이유로 임신이 안 되는 상태면 3년 후를 기약할 수 있다.

증권 보합 후 급하락.

상품구매 뒤로 미루길.

13. 천화동인(天火同人)

하늘과 불이 만나 밝음을 추구하는 동지로써 활동하는 상이다. 어려운 고난이 지나고 주위에 좋은 사람들과 함께 자신의 역량을 마음껏 발휘할 수 있다.

운수 모든 일에서 대길하나 너무 자만하면 안 된다.

소원 분수에 맞는 소원은 꼭 이루어진다.

재물 지출이 많다.

혼인 재혼이면 더욱 길하다.

애정 남자의 리드에 따라서 행동해야 좋다.

구직 이루어진다.

시험 좋은 결과가 기대된다.

매매 성사된다.

건강 고열을 주의하라.

여행 즐거운 단체 여행 수.

소식 먼저 연락하는 것이 좋겠다.

실물 가전 제품 주변을 살펴보라.

심인 아는 사람의 도움을 청하라.

소송 분쟁의 원인을 따져서 잘 타협하라.

이사 가능하다. 윗사람과 상의하길.

생자 순산, 아들.

증권 가파른 상승세, 전기 전자 관련 주면 더욱 좋다.

상품구매 좋은 물건을 구할 수 있다.

14. 화천대유(火天大有)

밝은 태양이 빛나고 온 누리를 따뜻하게 하는 형상으로 지혜와 덕을 갖춘 군자의 모습이다. 모든 면에서 완벽한 준비로 힘차게 계획을 추진하는 운이다. 특히 정신적인 학문이나 예술 관계에 매우 좋다.

운수 너무 좋다고 함부로 치닫지 말라. 자중하면 더욱 좋다.

소원 잘 이루어질 것이다.

재물 금전 융통에 좋다.

혼인 천천히 일이 이루어진다.

애정 솔직한 사이로 오래 갈 것이다.

구직 적성에 맞는 일자리가 나온다.

시험 좋은 결과이며, 자격증 시험은 더욱 길하다.

매매 성사된다.

건강 편두통에 주의.

여행 항공 여행이면 더욱 좋다.

소식 빨리 오지는 않는다.

실물 집안의 최고 연장자에게 물어 보라.

심인 남서쪽으로 가서 찾으라.

소송 승소한다.

이사 대체로 무난하다.

생자 순산, 아들.

증권 천천히 상승한다.

상품구매 선물을 사면 나중에 크게 돌아온다.

15. 지산겸(地山謙)

겸(謙)은 겸손함을 나타낸 것으로 남에게 양보하고 여러 사람의 호응을 얻어 발전함을 나타낸 상이다. 지금은 처음 단계라 이루기 어려우나 뒤에는 행운이 온다.

운수 겸손함으로 이루어진다.

소원 타인의 도움을 청하라.

재물 약간의 난관이 있겠다.

혼인 여성이 너무 적극적인 면이 있어 보기에 좋지 않다.

애정 바람을 피우는 기운이 있다.

구직 낮은 보수라도 일하는 것이 좋다.

시험 무리한 도전을 제외하고는 합격한다.

매매 일할 정도 싸게 체결해야 한다.

건강 급성 위염, 음식물 섭취에 주의.

여행 가벼운 여행이 되겠다.

소식 먼저 연락해 보라.

실물 찾기 힘들겠다.

심인 근처에서 찾아 보라.

소송 조금씩 양보하라. 서로 이득이 없다.

이사 특별한 이유가 없다면 현 위치를 고수하라.

생자 늦은 임신이나 순산, 아들.

증권 오전엔 오름세, 오후엔 내림세.

상품구매 서두르지 마라, 곧 세일이 있겠다.

16. 뇌지예(雷地豫)

예(豫)는 '즐겁다' 또는 '미리'의 뜻으로 봄의 아지랑이처럼 대지를 흔드는 우레가 봄을 열어주듯이 새로운 기운이 준비됨을 나타내는 것으로 성공을 기약할 수 있다.

운수 오랜 준비 뒤에 오는 성취감이 있겠다.

소원 끈기 있게 도전하여 이루어진다.

재물 적금 등 목돈이 생길 수.

혼인 서로 망설이지 말고 성사시키길, 좋은 인연이다.

애정 짝사랑이 결실을 맺는다.

구직 연구직이나 교사 등을 원하는 이는 자리가 있겠다.

시험 입학 시험은 매우 길하다.

매매 서로 반신반의하는 경우로 늦게 성사된다.

건강 식중독에 주의.

여행 기차여행으로 즐거움을 가져볼 만.

소식 좋은 소식이 있겠다.

실물 책상이나 소파 밑 등을 찾아보면 된다.

심인 연락할 마음이 있다. 기다려 보라.

소송 너무 자신하지 말고 취하하라.

이사 이사갈 운이 없다.

생자 순산, 첫 딸을 낳을 수.

증권 지금은 하락 수, 며칠 후 오름세.

상품구매 꼭 필요한 것을 구매하라.

17. 택뢰수(澤雷隨)

수(隨)는 따른다는 의미가 있으므로 의논 상대를 좇아 뜻밖의 활동이 가능하다. 단, 일방적으로 상대가 이끌려고 하거나 감언이설이 예상되므로 주의도 요한다. 모든 일에 한 발 물러서서 행동할 때 행운이 온다는 것을 가르치는 괘이다.

운수 타인의 일로 바쁠 수. 비교적 좋다.

소원 남에게 부탁하면 이루어진다.

재물 융통수가 있다.

혼인 길하다.

애정 프로포즈가 받아들여진다.

구직 윗사람이 소개시켜 주는 곳으로 가라. 거주지 변동도 가능.

시험 경쟁의 시험이면 좋지 않다.

매매 흥정만 지루하다.

건강 가벼운 병이 오래 끌 수.

여행 단체 여행이 길하다.

소식 좋은 소식이 있겠다.

실물 타인이 찾아 줄 것이다.

심인 멀리 있어 찾기 힘들다.

소송 득도 없고 실도 없다.

이사 동남쪽 이사가 좋다.

생자 둘째면 딸이다.

증권 약간 하락. 보합 상태가 길다.

상품구매 가구류는 다음으로 미루길.

18. 산풍고(山風蠱)

이 괘는 나뭇잎을 벌레가 갉아먹는 상태를 나타낸 것으로 많은 불안과 위험을 내포한다. 특히 주변에서 일어나는 일로 방해가 따르겠고 폭풍전야와 같은 분위기이므로 매사 주의해야 한다.

운수 운세가 안 좋을 때는 은인 자중함이 좋겠다.

소원 가까운 사람의 방해가 있다.

재물 지출이 많다, 도둑을 주의.

혼인 진실이 결여되었다. 성사 안 됨.

애정 비정상적인 관계가 되겠다.

구직 저쪽에서 안 좋게 생각한다.

시험 다음으로 미루라.

매매 이루어지지 않는다.

건강 간경화 등에 주의, 과로하지 말라.

여행 취소하는 것이 좋겠다.

소식 안 온다.

실물 찾아도 쓸 수 없게 되었다.

심인 찾지 마라.

소송 패소한다.

이사 다음으로 미루길.

생자 신장염으로 인한 유산 주의.

증권 하락세.

상품구매 비싸게 살 운이다.

19. 지택림(地澤臨)

서로 상응하며 작은 일부터 차근히 쌓아 올라가면서 성취하는 상이다. 두 가지 일을 함께 수행하는 경우도 있으나 무난하다. 부하나 아랫사람의 의견도 수렴하여 나가면 좋겠다.

운수 성급히 하지 말고 차분히 성취하면 된다.

소원 이루어진다.

재물 작은 금액이 잘 들어온다.

혼인 좋은 인연이다.

애정 여성인 경우 유혹이 많다.

구직 중소기업 쪽에 취직이 되겠다.

시험 남 모르게 공부한 것이 이루어진다.

매매 서로 의견을 절충하라.

건강 기침 감기를 주의하라.

여행 가까운 여행은 길하다.

소식 좋은 소식이다.

실물 일주일 후면 저절로 찾게 된다.

심인 강이 있는 지역으로 가서 찾아 보라.

소송 오래 끌 징조가 있어 불안하다. 빨리 끝내길.

이사 가능하다.

생자 늦둥이를 볼 운수.

증권 하락을 한 상태로 서서히 상등할 것이다.

상품구매 주방 살림을 장만할 때이다.

20. 풍지관(風地觀)

땅 위에 바람이 부니 자세히 그 상황을 지켜보며 세상의 흐름과 인심을 살펴서 움직이고 섣불리 행동하여 분규 문제 등에 연루되지 말기를 바라는 괘다.

운수 차츰 나빠질 수, 정성을 가지고 있으면 길하다.

소원 시간을 끌며 이루어지는 것이 좋다.

재물 보통이다(지출에 유의).

혼인 이쪽에서 먼저 서둘지 마라.

애정 가벼운 마음의 연애다.

구직 아직은 때가 이르다, 직장 이동하지 마라.

시험 경쟁률이 높아 어렵겠다.

매매 현재보다 일할 정도 낮은 가격이면 가능하다.

건강 감기 등 사소한 병을 가볍게 보면 안 된다.

여행 항공여행을 삼가라.

소식 상대방이 망설이고 있다.

실물 찾지 못한다.

심인 여성의 방해가 있겠다.

소송 불리하다.

이사 남서향이 좋다. 날짜 등도 잘 살펴라.

생자 순산, 딸.

증권 하락세.

상품구매 하자있는 물건을 구입할 수.

21. 화뢰서합(火雷噬嗑)

　　무언가 입 안에 질긴 것을 넣고 완전히 씹을 수 있으면 만사 형통하는 것으로 자신의 단호한 의지와 방해를 제거하려는 노력이 필요함을 나타내 주는 괘다. 행동을 조심하고 온화한 태도를 갖추는 것도 중요하다. 놀라는 일도 있을 수.

운수 방해가 있어 부단한 노력이 필요하다.

소원 급속히 이루어지는 것은 아니다.

재물 수입이 바로 지출로 된다.

혼인 서로 반대하는 친척 등으로 성사되기 어렵다.

애정 불륜의 관계일 수.

구직 이쪽에서 낮추어 직장을 구하길.

시험 어렵겠다. 다음 기회로 미루면 된다.

매매 일이 중도에서 잘못된다.

건강 기침과 관절염을 주의.

여행 시비수가 있으므로 취소하는 게 좋다.

소식 방해가 있어 늦다.

실물 깊숙한 장롱이나 무언가의 사이에 끼여 있다.

심인 동남향에서 찾으라.

소송 의외의 복병인 문제가 있어 불리하다.

이사 가지 마라.

생자 입덧으로 고생하겠다. 순산, 아들.

증권 보합세.

상품구매 반품 관계를 잘 알아보고 사라.

22. 산화비(山火賁)

비(賁)는 '꾸민다'는 뜻이 있으므로 겉은 화려하고 속은 진실이 없는 상태를 나타낸다. 주변 사람을 조심하여 속는 일이 없기 바라며 모든 계획도 충분한 조사가 없이 실행하게 되어 실패할 수다. 그 외 지나친 허세를 삼가야 한다.

운수 실속 없는 일에 욕심만 앞설 수.

소원 늦게 이루어진다.

재물 지출이 많아 고생할 수이므로 계획이 필요하다.

혼인 지나치게 허세가 많다. 이루어질 수 없다.

애정 풋사랑으로 끝날 수.

구직 좋은 직장이 나설 때까지 좀더 기다려야 된다.

시험 인기 직업의 선발 시험이면 가능하다.

매매 충분한 서류 검토가 필요하다.

건강 가벼운 소화불량이라도 쉽게 보면 안 된다.

여행 즐겁지 않다. 단, 가을 단풍여행이면 좋다.

소식 늦게 온다.

실물 장신구 안에서 찾아라.

심인 찾기 힘들다. 올 때까지 기다려라.

소송 중재자를 통해 타협하길.

이사 안 하는 게 좋겠다.

생자 순산, 아들.

증권 3~4일 후엔 하락세.

상품구매 의류 등을 살 운수.

23. 산지박(山地剝)

박(剝)은 벗겨진다는 의미로 긴 고통의 시간은 끝나고 야심 찬 기회가 올 것을 나타내기도 하지만 충분한 준비없이 함부로 계획을 했다간 산이 무너지는 상태와 같이 실패가 따른다. 현재 쇠운인 사람에게는 좋은 괘이다. 좋은 기회를 잘 활용해야 된다.

운수 대체로 지연되는 수가 많아 답답하다.

소원 서둘지 않아야 된다. 늦게 이루어짐.

재물 도난 등을 주의하고 지출을 줄여라.

혼인 초혼은 흉, 재혼은 길하다.

애정 서로 싫증이 난 상태.

구직 놀던 사람은 새 직장이 있겠다.

시험 아깝게 떨어질 수, 다음에 붙는다.

매매 오래된 집이나 땅은 체결된다.

건강 신경쇠약과 교통사고를 주의하라.

여행 구설수가 있겠다.

소식 매우 늦게 온다.

실물 찾지 못한다.

심인 찾지 않는 게 좋겠다.

소송 불리하다.

이사 넓혀 가는 것은 좋다.

생자 초산은 약간 난산의 기미, 딸.

증권 하락세.

상품구매 좀더 있으면 세일이 된다.

24. 지뢰복(地雷復)

복(復)은 '돌아온다' 또는 '회복된다' 는 뜻이다. 겨울이 가고 봄이 다시 돌아오듯이 땅 아래에 우레와 같은 에네르기가 일어남을 나타낸다. 고통의 시간을 참고 성실히 노력하며 기다려 온 사람에게 곧 행운의 시간이 기대된다.

운수 주변의 환경에서 무언가 실마리가 보이는 듯하고 점차 희망이 보인다.

소원 오랜 소원이 이루어진다.

재물 점차 돈이 모인다. 부동산은 상승세.

혼인 임신 상태에서 결혼식을 하는 형상. 무난하다.

애정 오랜 만에 해후하겠다.

구직 이루어진다.

시험 합격한다. 연구관계 논문도 인정을 받는다.

매매 쉽게 이루어진다.

건강 과식을 주의.

여행 여럿이 함께 하는 여행이 좋다.

소식 일주일 정도만 기다리면 된다.

실물 겹쳐 쌓아 둔 물건 밑에 있다.

심인 찾기 전에 돌아올 것이다.

소송 승소하겠으나 상대방이 또다시 소송할 수 있다.

이사 가능하다.

생자 순산, 아들.

증권 현재와 반대 형상.

상품구매 무난하다.

25. 천뢰무망(天雷无妄)

무망(无妄)은 허망하지 아니하고 성의로써 자신에게 주어진 일을 수행하는 괘다. 하늘에 천둥이 치니 대지에 비가 와서 만물이 생동하고 있다. 단 소리만 크고 실속이 없음을 경계해야 된다.

운수 지금은 불안하나 대운이 기다리므로 성실히 추진해 나가 보라.

소원 이루어지나 실리 면에서는 약간 손해다.

재물 급전은 들어오지 않는다.

혼인 재혼이면 더욱 좋다.

애정 상당히 기간을 겉돌겠다. 성실히 대해 보라.

구직 특히 전기 전자기계류 등의 일이 좋겠다.

시험 가능하다.

매매 두세 번 협상한 후에 이루어진다.

건강 편두통 등 과로에 주의.

여행 항공여행을 삼가고 짧은 여행으로 만족하라.

소식 오지 않는다.

실물 찾을 수 없다.

심인 피해 다니므로 찾을 수 없겠다.

소송 이익이 있다.

이사 주변 환경이 시끄러울 것이다.

생자 순산, 아들.

증권 급등, 급락을 반복.

상품구매 충동 구매 주의.

26. 산천대축(山天大畜)

대축(大畜)은 크게 쌓는다는 뜻으로 곡식을 쌓고 저수지에 물을 담아두고 산에는 나무가 무성하여 무엇 하나 부족함이 없는 상태이다. 지식과 그 동안 닦아온 대인 관계가 빛을 보기 시작하여 뜻을 이룰 수 있다.

운수 좌절하지 말고 크게 성공할 수 있도록 노력하라.

소원 뜻하는 것들이 착실히 이루어진다.

재물 여러 면에서 매우 좋다.

혼인 오랜 정분이 뜻을 이루겠다.

애정 옛 애인을 다시 만난 듯하다.

구직 오라는 곳이 있겠다.

시험 가능하다.

매매 침착하게 체결하라.

건강 오래된 병은 매우 걱정이 된다.

여행 계획보다 늦게 돌아올 수.

소식 매우 늦게 온다.

실물 동북쪽에서 잘 찾아라.

심인 상당히 시일이 걸리겠다.

소송 오래 걸리나 승소하겠다.

이사 변동하지 않는 게 좋다. 꼭 가야 할 사정이면 간단하게라도 고
   사를 지내는 것이 안전하다.

생자 예정보다 늦게 순산, 아들.

증권 보합 상태에서 천천히 상승.

상품구매 원하는 것을 싸게 살 수 있다.

27. 산뢰이(山雷頤)

산 속에서 우레 소리가 들리니 무슨 일이 있는가 하고 사람들이 놀랄 수 있는 형상을 하고 있다. 이는 턱을 나타내면서 기른다는 뜻을 가진 글자이다. 입 안에서 무언가 씹어서 좋은 양식을 만들든지 아니면 그 음식으로 배탈이 나는 것은 모두 씹는 과정에 달려 있다. 매사 입 조심하여 분쟁이 없게 하고 절도 있고 계획의 순차적 추진만이 현재의 난관을 이기고 길운으로 향할 수 있다.

운수 일자리를 구하는 것은 가능. 그 외는 고비가 많은 상태.

소원 생각보다는 적게 이루어진다.

재물 적은 돈은 들어온다.

혼인 맞벌이를 해야 되겠다.

애정 말조심하고 오해 없도록 하라.

구직 이루어진다.

시험 침착하지 않아 실패할 수 있다. 아는 문제를 주의하라.

매매 다소 문제가 있으나 결국 이루어진다.

건강 치통과 식중독 주의.

여행 먼 여행은 삼가는 게 낫다.

소식 오지 않는다.

실물 상자 속이나 벽장 등을 찾으라.

심인 찾기 어렵다.

소송 오래 끌면 불리하다.

이사 신중히 생각해 보고 가라.

생자 예정보다 늦게 태어나겠다.

증권 보합 후 서서히 하락.

상품구매 다음으로 미루길.

28. 택풍대과(澤風大過)

자신의 역량보다 모든 일이 크게 벌어지고 있는 상태를 나타낸 괘다. 의욕 면에서 겉은 화려하나 내실이 없기 때문에 사업은 자금난이 있겠고 이 난국을 해결하는 방법은 용감하게 맞서는 방법과 한 걸음 물러나 새로운 힘을 축적하는 방법이 있다.

운수 앞뒤가 안 맞는 일로 고민할 수.

소원 지금은 성취할 수 없다 보고 뒤로 미루라.

재물 지출이 많다.

혼인 재혼 이외는 이루어지지 않는다.

애정 짝사랑의 징조.

구직 실력이 모자란다.

시험 좀더 공부한 뒤 도전해 보길.

매매 가격이 너무 높게 형성되어 있어 안 된다.

건강 과로로 인한 감기 몸살.

여행 단체 여행을 삼가라.

소식 서로 어긋나겠다.

실물 찾지 못한다.

심인 숨어 다니다. 상당기간 찾지 못한다.

소송 불리하다.

이사 무리한 지출이 따르는 이사다, 신중하길.

생자 난산이나 건강한 아이를 낳는다, 수술 가능.

증권 곧 떨어진다.

상품구매 과소비의 경향.

222

29. 감위수(坎爲水)

큰 홍수가 지나고 나면 젖은 대지에 생명이 돋아나며 만물이 빠른 속도로 소생한다. 물이 겹쳐서 밀려오니 지금은 매우 어렵고 몸부림치면 더욱 깊이 빠지는 수렁처럼 재해가 중첩되어 빠져 나올 수 없는 상태이니 침착하게 나올 준비를 하며 때를 기다려야 한다.

운수 모든 일이 당신을 향해 불리한 운. 2~3개월만 잘 참는 것이 최선의 방법이다.

소원 이루어지지 않는다.

재물 매우 답답하다. 융통도 어렵다.

혼인 오해의 소지가 있다. 당분간 중지하라.

애정 서로 귀찮게 생각되기 전에 정리하라.

구직 경쟁이 많아 이루어지지 않는다.

시험 다음 기회를 기다려 보라.

매매 시세도 좋지 않으며 체결되지 않는다.

건강 병중에 있는 사람은 수술 등 위험.

여행 도난의 우려가 있다. 물가 주의.

소식 방해가 있어 오지 않는다.

실물 찾을 수 없다.

심인 아주 멀리 가 있다. 찾을 수 없다.

소송 흉하다. 포기하라.

이사 불길하므로 계획을 포기하라.

생자 난산이며 딸. 수술 수도 있다.

증권 폭락세.

상품구매 당분간 구입을 마라.

30. 이위화(離爲火)

화(火)는 불이며 태양을 상징한다. 모든 만물이 태양빛으로 살아갈 수 있다. 모든 이들에게 혜택을 주고 봉사를 할 수 있으며 남보다 앞서 가 우뚝 설 수 있는 기회가 오는 좋은 괘이다. 운세가 불과 같으므로 간혹 강렬하고 이리저리 옮기는 성질을 가질 수 있다. 이런 때일수록 부드럽게 온순함을 유지하여 길운을 유지하라.

운수 지나친 과욕보다 꾸준한 일에 승산이 있다.

소원 이름을 내는 발명이나 예술은 아주 좋다.

재물 수입과 지출이 모두 많아 융통 가능.

혼인 불장난일 경우가 있으므로 잠시 중단해 보라.

애정 가벼운 연인 관계로 끝난다.

구직 영업직 가능, 불만이 있어 불안하다.

시험 실기 시험에 강한 운세.

매매 급히 서둘면 가격이 내려간다.

건강 편두통과 열병 주의.

여행 연기하는 것이 좋겠다.

소식 이쪽에서 먼저 연락해야 된다.

실물 소리나는 물건 주변을 살펴보라.

심인 동북간에 있으나 쉽지 않겠다.

소송 시간이 길다, 중간에 중재자를 넣어 보라.

이사 무난하다.

생자 쌍둥이일 수도 있겠다. 순산.

증권 오름세.

상품구매 망설이지 말고 속히 구입하라. 과소비 주의.

31. 택산함(澤山咸)

함(咸)은 감(感)과 뜻이 상응한다. 서로 마음이 통하고 협력할 수 있어 좋다. 마른 초목에 비가 내리듯이 서로 정성을 보이므로 사람이 감응하고 신이 도와 주는 것이다. 서서히 풀리는 봄날의 대지와 같다.

운수 도움이 있으니 순조롭다.

소원 곧바로는 아니지만 이루어진다.

재물 수입, 지출이 모두 무난하다.

혼인 좋은 인연이다.

애정 잘 이루어진다.

구직 이루어진다, 윗사람에게 부탁하라.

시험 좋은 결과 있겠다.

매매 큰 이익은 없으나 이루어진다.

건강 과로의 병, 장기적인 것은 위장 관계 정밀 진단 필요.

여행 가능하다.

소식 온다.

실물 우연히 찾게 된다.

심인 여인에게 물어 보라. 찾는다.

소송 타협 가능하다. 먼저 말해 보라.

이사 가능하다.

생자 순산, 딸.

증권 보합 후 약간 상승.

상품구매 가능하다.

32. 뇌풍항(雷風恒)

항(恒)은 항구하다는 뜻이다. 이는 정체를 의미한다. 그러나 마냥 정체를 뜻하는 것은 아니다. 번개가 치고 바람이 불면서 한동안 계속되는 지루함이 있으나 그냥 기다리는 것은 아니다. 새로운 것을 향한 계획과 실력을 쌓으며 기다리는 것이다.

운수 수동적인 상태에서 기다리면 좋은 운이다.

소원 서둘지 않아야 이루어진다.

재물 좋은 편이다. 꾸준히 들어온다.

혼인 서로 약간의 경계심을 가지고 있다. 나쁜 인연은 아니다.

애정 담담한 상태, 서로 생각할 시간 필요.

구직 3개월 뒤를 기대하라.

시험 공부 기간이 2~3년 지나야 된다.

매매 3개월만 기다려 보라. 손해 없이 이루어진다.

건강 만성적인 관절염, 위장병 증세.

여행 먼 곳은 취소하는 게 좋다.

소식 상당기간 늦어진다.

실물 가까운 곳에 있다.

심인 찾지 못하는 대신 소식을 듣겠다.

소송 타협하는 것이 낫다. 서로 피해가 많다.

이사 현 위치를 고수하라.

생자 순산, 딸.

증권 보합에서 오름세.

상품구매 싸게 살 수 있다.

33. 천산둔(天山遯)

둔(遯)은 세상을 피해서 은둔함을 나타내는데 나아가면 불리하고 물러서면 길하다는 괘다. 지금은 사면초가의 시기이므로 무심히 있다가는 위험이 닥치는 것을 나타낸다. 이 괘는 지금은 불길하나 뒤에는 형세가 바뀌어 좋아짐을 내포하고 있다. 충분히 기다려야 된다. 유명인에게는 좋은 괘이다.

운수 저조한 운세이므로 큰 것은 기대할 수 없다.

소원 이루어지기 힘들다.

재물 융통이 어렵다. 수입도 저조.

혼인 대체로 성립되지 않는다.

애정 타인의 시기로 크게 대립 수.

구직 다른 곳을 알아보라.

시험 결과는 안 좋다.

매매 손해 보는 계약은 가능, 그 외 이루어지지 않는다.

건강 가벼운 증세가 오래 가지 않도록 주의, 기관지 병.

여행 종교 관계 여행은 매우 좋다. 그 외는 불리.

소식 기다리지 않는 게 좋겠다.

실물 멀리 가서 찾지 못한다.

심인 꼭꼭 숨어 있어 찾을 수 없다.

소송 상대가 유리하다.

이사 가지 마라.

생자 임신 3~4개월 때 유산 주의.

증권 상승과 하락세가 2~3일 간격으로 당분간 계속되겠다.

상품구매 뒤로 미루라.

34. 뇌천대장(雷天大壯)

대장(大壯)은 크고 강성하다. 우레가 하늘에서 진동하니 매우 좋을 듯하나 실질적인 면이 결여되어 보이는 괘다. 소리만 요란한 빈 수레가 되지 않도록 오랜만의 길운을 실속 있게 자신의 운으로 만드는 지혜가 필요하다.

운수 매우 강한 운세이다. 적당히 자제함이 좋겠다.

소원 도움으로 이루어진다.

재물 허세적인 지출이 많다.

혼인 서로 과대 평가하고 있다.

애정 서로 불손한 마음으로 사귀고 있다.

구직 대단한 직장은 아니나 인기 직업은 좋다.

시험 재도전의 시험은 좋은 일이 있다.

매매 중간에 소개하는 사람을 주의하라.

건강 불면증, 고혈압 주의.

여행 중지하라, 놀랄 일이 생긴다.

소식 급히 온다.

실물 전자제품 주변에 없으면 포기하라. 타인의 손에 있다.

심인 동행인이 있으면 함께 온다.

소송 무리한 소송이다. 취하하라.

이사 이사 후에 화재를 주의.

생자 순산, 아들.

증권 오름세.

상품구매 큰 시장에서 구입할 수.

35. 화지진(火地晉)

진(晉)은 전진과 같다. 땅 위에 불이니, 곧 아침에 태양이 서서히 땅 위로 올라오는 상태를 뜻한다. 주위 사람의 배려가 있어 좋으며 여러 면에서 찬스가 주어진다. 다만 화려한 이면에 교만으로 길운을 놓치지 않도록 경계해야 한다.

운수 큰 포부를 가지고 전진하라.

소원 성취한다. 노력의 결과이다.

재물 나가는 비용이 많으나 뒤에는 크게 돌아온다.

혼인 좋은 인연이다.

애정 오랜만에 다시 만나는 정이다.

구직 이루어진다.

시험 좋은 결과를 얻겠다.

매매 잘 이루어진다. 값도 좋다.

건강 노인은 고혈압 주의.

여행 윗사람과 동행이면 더욱 좋다.

소식 좋은 소식이 온다.

실물 의류나 액세서리는 찾는다.

심인 스스로 올 때까지 기다려야 된다.

소송 이쪽이 당당한 소송으로 이익이 있다.

이사 길하다.

생자 순산, 딸.

증권 올라간다.

상품구매 좋은 시기에 싸게 산다.

36. 지화명이(地火明夷)

명이(明夷)는 밝음이 사라진 것이다. 땅 밑으로 태양이 숨어드니 때를 기다리는 군자의 마음으로 처신해야 한다. 어둠 속에서 바른 자세로 대처해 나갈 때 기회는 꼭 오는 것이다. 의기소침하지 않도록 하라. 학문이나 시험 공부같이 숨어서 하는 일에는 좋은 괘이다.

운수 타인의 감언이설에 속지 마라. 말조심해야 된다.

소원 늦은 시기라 다음 기회를 기다려야 한다.

재물 크게 불리하다. 지출에 자중하라.

혼인 쉽게 이루어지지 않는다. 사랑하는 사이라면 2년 정도 헤어져 있으면 된다.

애정 당분간 헤어지겠다.

구직 어렵겠다. 변동도 불리하다.

시험 논문 발표 등은 좋으나 그 외 시험은 흉하다.

매매 불가능하다.

건강 큰병의 원인이 되지 않도록, 영양 섭취에 주력해야 된다.

여행 도난의 위험이 있다.

소식 나쁜 소식이다.

실물 찾을 수 없다. 잊고 있으면 후에 저절로 나온다.

심인 서남 방에 있다. 찾기 힘들다.

소송 이득이 없다.

이사 옮기지 마라.

생자 예정일보다 늦다. 순산, 첫 아이라면 아들.

증권 하락.

상품구매 다음으로 미루라.

37. 풍화가인(風火家人)

가인(家人)은 가정의 화목을 상징하는 것으로 원만하고 잔잔한 운세이다. 착실히 본업을 수행하고 집안 일이나 내면적인 일은 길하나 큰 계획은 성과가 없겠다. 협동 등에 강한 운세다.

운수 서서히 운세가 오르므로 작은 것부터 실효를 거둘 것이다.

소원 협력이 있으면 이루어진다.

재물 불필요한 지출 수.

혼인 좋은 인연이다. 이루어진다.

애정 순박한 감정으로 진행된다.

구직 가능하다. 중소기업 쪽이 좋다.

시험 실력이 향상되었다.

매매 살림집 매매가 이루어진다.

건강 기침 감기가 오래 가겠다.

여행 좋다. 가족 동반이면 길하겠다.

소식 잔치 등 좋은 소식이 있겠다.

실물 문 주변을 찾아 보라.

심인 스스로 돌아온다.

소송 타협이 있겠다.

이사 무난하다.

생자 순산, 딸.

증권 상승세 후 보합.

상품구매 살림살이를 들일 기회.

38. 화택규(火澤睽)

규(睽)는 서로 반목하고 타협이 없음을 말한다. 서로 의사도 맞지 않고 여러 계획에 차질이 있겠다. 남의 처지를 이해하고 한 걸음 물러서면 좋은 기회로 반전된다.

운수 언동에 주의하고 고집을 부리면 안 된다.

소원 지금은 성취하지 못한다.

재물 의외의 손실 수 주의.

혼인 중지하는 것이 현명하겠다.

애정 사소한 오해를 가지고 서로 미워하겠다.

구직 방해가 있어 안 된다. 좋은 직장이 아니므로 다른 곳을 알아보라.

시험 다음 기회로 미루라.

매매 상대방의 요구에 응해야 이루어진다.

건강 급성 위염, 장염 주의.

여행 취소하라.

소식 오지 않는다.

실물 찾지 못한다.

심인 돌아올 생각이 없으니 찾지 마라.

소송 매우 불리하다.

이사 현 위치에 있는 게 낫다.

생자 임신 6개월 때 산모의 건강에 유의, 조산 주의.

증권 급락세.

상품구매 나중에 후회할 수. 다음에 사면 좋다.

232

39. 수산건(水山蹇)

건(蹇)은 '다리를 전다' 라는 것이다. 그만큼 험난을 상징한다. 다리 하나가 수렁에 빠진 듯 앞으로 진행도 뒤로 물러남도 허락치 않는 상태로 급히 빠져나가려 했다간 망신도 많고 탈도 많겠다. 고요히 기다림이 최선이다.

운수 쇠약한 운이다. 억지로 하는 일은 안 된다.

소원 이루지 못한다.

재물 탕진 운이 있다. 투기 등을 멀리 하라.

혼인 그만 두는 것이 좋다.

애정 무언가 서로 의견이 안 맞는다. 단, 정이 있는 듯하다.

구직 뜻대로 안 되겠다.

시험 강한 의지로 초지일관하라. 기회가 온다.

매매 정당한 시세를 받을 수 없다.

건강 관절염 주의.

소식 당분간 올 수 없다.

실물 파손되어 찾을 수.

심인 피해 다니므로 찾을 수 없다.

소송 불리하다. 화해하라.

이사 옛집을 지키고 있어라.

생자 산모와 아기 모두 건강에 유의하라. 아들.

증권 하락.

상품구매 나중에 사라.

40. 뇌수해(雷水解)

해(解)는 풀린다는 것이다. 우레가 울리며 비가 내리므로 대지는 해빙을 맞고 만물이 물이 오르므로 순풍에 돛을 단 배처럼 일이 진행되고 그 동안의 노고와 번민이 하루아침에 사라진다. 서두르지 마라. 길운이다.

운수 기회를 놓치지 마라. 도약의 기회라 생각하라.

소원 묵은 소원이 이루어진다.

재물 이익이 크다.

혼인 노총각, 노처녀 등의 결혼에 좋은 괘다. 재혼 가능.

애정 오랜 짝사랑이 이루어지는 시기.

구직 좋은 직장이다. 성실히 일해서 인정을 받아라.

시험 결과가 좋겠다.

매매 오랫동안 안 팔리던 물건이 체결된다.

건강 가벼운 몸살, 오랜 병은 신장병.

여행 즐거운 여행이다.

소식 반가운 소식이 인편으로 온다.

실물 부엌 근처에서 찾으라.

심인 찾기는 힘드나 스스로 오겠다.

소송 빨리 추진하고 정직하면 된다.

이사 길하다.

생자 순산, 아들.

증권 상승.

상품구매 가전제품은 다음에 구입하라.

41. 산택손(山澤損)

손(損)은 손실을 의미한다. 그러나 뒤에는 더 큰 이익으로 돌아오는 손실을 뜻한다. 양보하므로 생기는 이득이 있으니 무슨 일이든 성취하는 과정에서 많은 노력과 시일이 걸리겠다. 현재를 생각하지 말고 긴 안목이 필요하다.

운수 정신적인 면에 좋고 그 외에는 새로운 일도 가능하다.

소원 현재보다는 뒤에 어느 정도 만족할 수준은 된다.

재물 타인에게 지출이 많다.

혼인 좋은 인연이다. 여성이 적극적이면 안 된다.

애정 자존심을 버려야 된다.

구직 마음에 안 들어도 다니는 것이 좋다.

시험 좋은 경험이 되겠다.

매매 서둘러서 팔아라.

건강 기운이 없다. 보약이라도 먹는 게 좋겠다.

여행 설사병 주의하고 일찍 돌아와야 한다.

소식 이쪽에서 먼저 알아 보라.

실물 찾기 힘드나 소문을 내면 타인이 도와준다.

심인 가까운 사람에게 물어 보라, 찾는다.

소송 윗사람의 의견에 따르라.

이사 불편이 있어도 3년만 참고 현 위치에서 살아라.

생자 순산, 딸.

증권 하락 후 상승.

상품구매 효도 선물 구입 시기.

42. 풍뢰익(風雷益)

익(益)은 더하다는 뜻으로 이익이 있음을 나타낸다. 서로서로 더해 주고 보태 주고 하여 이득을 가지므로 직장생활이나 가정에서 원만히 계획이 진행되고 남을 돕는 일로 큰 이득이 있을 수다.

운수 적극적으로 추진해도 된다.

소원 귀인이 도움을 준다.

재물 이익이 많으니 들어오는 돈이 많겠다.

혼인 불손한 마음이 있으나 결국은 이루어진다.

애정 구설수를 주의하라.

구직 3개월만 참으라, 좋은 직장이 있다.

시험 기술 관계 시험에 길운.

매매 잘 이루어진다.

건강 고령자는 혈압 등을 주의.

여행 일을 위한 여행이 되겠다.

소식 좋은 소식이 있겠다.

실물 가족이나 가까운 사람에게 물어 보라, 찾는다.

심인 시골 같은 데 있다. 늦게 찾는다.

소송 빨리 끝내면 유리하나 오래 갈 것 같으면 중재자를 통해 타협.

이사 무난하다.

생자 순산, 첫 아들 가능.

증권 상승한다. 강세.

상품구매 좋은 물건 싸게 산다.

43. 택천쾌(澤天夬)

이 괘는 강한 결단으로 장애를 제거하고 전진하는 것을 나타낸다. 그 와중에 아집으로 인한 마찰을 가져올 수 있다. 그것은 고립을 뜻한다. 강한 운세일수록 유화한 마음이 필요하다. 만사를 견고하게 다듬고 전진하여 행운의 괘로 만들어야 한다.

운수 비교적 좋다. 오래 유지되도록 노력해야 한다. 반전의 기미가 있다.

소원 중도에 방해가 있다. 주의하라.

재물 아직은 미비하다. 적은 만큼 실속 있게 사용하라.

혼인 서로 충분히 검토하라.

애정 말 못할 사연이 있는 사이다.

구직 지연되겠다. 만족할 수 없는 직장이겠다.

시험 시험 준비가 안 되었다. 재도전 해보라.

매매 여의치 않다.

건강 견통이 오래 가겠다. 폐결핵 주의.

여행 자금이 예상 외로 들겠다.

소식 망설이고 있다. 오지 않는다.

실물 멀리 가 버렸다. 찾기 힘들겠다.

심인 2년 이상의 기간 뒤에 찾는다.

소송 지금은 불리. 나중엔 승소.

이사 무난하다.

생자 순산, 첫애는 딸.

증권 급락, 급등을 반복.

상품구매 절약이 좋겠다.

44. 천풍구(天風姤)

구(姤)는 만난다는 뜻으로 좋은 일보다는 나쁜 일이 닥치게 되는 것을 뜻한다.
모든 일을 윗사람에게 상의하라. 분수와 위치를 고수하면 행운이 올 것이다.

운수 사기 등을 주의하고 좌충우돌하는 일 없도록 노력하라.

소원 이루어지지 않는다.

재물 타인으로 인해 손재수 있다.

혼인 불손한 마음이다. 중지하라.

애정 서로 헤어질 마음이다. 유부남, 유부녀 주의.

구직 안 되겠다.

시험 과목이나 교재 선택이 잘못되었다. 해외 관련은 무난.

매매 성립되지 않는다.

건강 식중독 주의.

여행 교통사고 주의.

소식 나쁜 소식이다.

실물 여자가 가지고 있다. 찾기 힘들다.

심인 찾을 수 없다. 피해 다닌다.

소송 불리하다.

이사 흉하다, 그대로 있으라.

생자 수술 수, 아들.

증권 서서히 하락.

상품구매 충동구매 수.

238

45. 택지췌(擇地萃)

췌(萃)는 모인다는 뜻이다. 고기가 바다로 모이고 협력자와 재물 등 자신에게 필요한 것들이 모이는 것이다. 정성된 마음으로 조상과 신령에 기도하고 제사를 지내보면 길한 괘다. 마지막 순간까지 최선을 다해야 한다.

운수 여러 면에서 좋다. 충분한 노력의 결과이다.

소원 이루어지는 것이 많다. 서둘지 마라.

재물 수입 운에 상당히 좋다.

혼인 좋다. 잘 상의하여 결정하라, 경쟁자를 주의.

애정 삼각 관계일 수, 결단이 필요하다.

구직 여러 곳이라도 한 곳이 좋다. 잘 선택하라.

시험 인기 관계 시험에 대길.

매매 정성을 보이면 잘 된다.

건강 대, 소장의 병 주의.

여행 즐거운 여행이다.

소식 좋은 소식이 온다.

실물 찾아진다, 2~3일 찾아 보라.

심인 스스로 연락이 있다. 기다려 보라.

소송 오래 끌면 방해자가 많아진다.

이사 현 위치가 좋다.

생자 순산, 딸.

증권 상승세.

상품구매 가능하다.

46. 지풍승(地風升)

승(升)은 오른다는 뜻이다. 땅 속에서 불던 봄바람이 마침내 땅으로 오르는 것이다. 무럭무럭 자라는 나무가 지표를 박차고 나오는 것처럼 승진도 있고 출세의 기회가 온 것이다. 자신을 점검하고 투기적인 일에 관계치 마라. 순조로운 운이다.

운수 자연스런 행진이 좋다. 계속 전진하라.

소원 자신의 노력이 결실로 돌아온다.

재물 수입이 순조롭다.

혼인 좋은 인연이다.

애정 진실한 감정이다. 꾸준히 이어가라.

구직 우수한 직장이 된다.

시험 좋은 결과가 있겠다.

매매 잘 된다.

건강 건강이 호전된다.

여행 편안한 여행이다.

소식 즐거운 소식이 있겠다.

실물 시간이 지나면 우연히 찾는다.

심인 스스로 온다. 기다려라.

소송 승산이 있다.

이사 1년 뒤 이사감이 좋겠다.

생자 순산, 아들.

증권 상승세.

상품구매 잘 골라 구매하라. 무난하다.

47. 택수곤(澤水困)

곤(困)은 곤란, 곤고를 뜻한다. 사대 난괘 중의 하나이다. 마음과 몸이 번민과 피로로 가득하다. 은인자중함이 좋다. 수양과 실력을 쌓고 있으면 귀인의 도움이 기다리고 있겠다. 지금은 때가 아니다.

운수 다음 기회를 기다려라.

소원 지금은 무리다.

재물 예상 외로 나쁘다. 수입, 지출이 막혔다.

혼인 방해가 있어도 좋은 인연이다. 이루어 보라.

애정 남 몰래 사귀는 관계.

구직 경쟁자가 많아 안 된다.

시험 다음 기회가 좋겠다.

매매 계약이 성립되지 않겠다.

건강 과음, 과식 주의.

여행 중지함이 좋다.

소식 오지 않는다.

실물 찾지 못하겠다.

심인 금전이 궁색하여 돌아오겠다.

소송 매우 불리하다.

이사 흉하다, 그대로 있어라.

생자 난산, 유산 주의.

증권 하락세.

상품구매 전자 제품은 다음 기회에 구입하라.

48. 수풍정(水風井)

정(井)은 우물을 뜻하며 우물은 생활에 없어서는 안 되는 중요한 것이다. 아무리 맛있는 물이 있어도 두레박으로 퍼올려 먹으려는 의지가 없다면 아무 소용이 없다. 또한 서로 나누어 먹을 수 있는 봉사의 정신도 필요하다. 좋은 기회를 포착하여 성공을 이루도록 노력하라.

운수 서로 손발이 맞지 않는다. 지속적 노력이면 된다.

소원 적은 소원이 이루어진다.

재물 돈의 수입, 지출이 원활하다. 저축이 필요하다.

혼인 좋은 인연이나 노력 부족으로 혼사가 안 되겠다.

애정 서로 눈치만 보는 상태.

구직 무슨 일이든 하려는 의지면 된다.

시험 가능하다.

매매 중개자의 능력에 달려 있다.

건강 과음으로 인한 질병 주의.

여행 당일 여행은 가능.

소식 이쪽에서 먼저 연락해야 된다.

실물 서랍 깊숙한 곳이나, 다락을 찾으라.

심인 찾기 힘든 곳으로 멀리 가 있으나 결국 찾는다.

소송 불리하다. 상대방이 원치 않는다.

이사 손실이 있다. 뜻대로 안 된다.

생자 순산, 둘째는 아들.

증권 오르고 내리기를 반복.

상품구매 잘 살피면 의외로 좋은 물건을 산다.

49. 택화혁(澤火革)

혁(革)은 개혁, 혁명의 뜻이다. 새로운 것을 찾아 좋게 바뀌는 것을 혁신이라 한다. 묵은 것을 버리고 새 것을 취하는 기쁨이 있겠다. 새로운 계획으로 장래가 유망하다. 단, 조급히 굴지는 마라. 찬스를 잡을 수 있는 안목이 필요하다.

운수 강한 운이면서도 처음은 막힘이 있겠다. 끝에는 좋다.

소원 뜻을 관철하려는 의지가 발전을 가져올 것이다.

재물 엣상 금액의 전부는 아니나 들어온다. 급작스런 지출 주의.

혼인 재혼에 대길.

애정 헤어졌다 다시 만나는 것은 좋으나 그 외는 이별 수.

구직 다니던 옛 직장을 알아 보라.

시험 연구 논문의 발표 등에 아주 좋다. 국가 고시는 어렵겠다.

매매 순조롭게 이루어진다.

건강 오랜 병으로 놀랄 수가 있겠다. 철저한 진단이 필요하다.

여행 계획이 변경 수, 대체로 무난.

소식 마음이 변하여 소식이 없다.

실물 타인의 손에 있겠다.

심인 찾는다.

소송 처음과 다르게 역전된다.

이사 옮기는 것이 길하다.

생자 순산, 산후조리에 유의해야 된다. 한열이 많다.

증권 오르내림이 급속하다.

상품구매 집안 분위기를 바꾸어 보아도 좋다.

50. 화풍정(火風鼎)

불에 바람이 부니 올려놓은 솥 안의 음식이 잘 익고 있다. 솥을 걸어 놓을 다리는 셋이다. 가장 안정적인 모습이다. 기반도 튼튼하고 주변의 여건도 충분하다. 모든 일에 중심적 위치에 이를 것이다. 새로운 계획을 가지고 재출발하면 좋다. 윗사람의 도움으로 출세할 징조이다.

운수 일에 따라 시간은 걸리지만 매사가 원만하다.

소원 이루어진다. 남과 협력하는 것이 좋다.

재물 유흥비로 탕진, 주의하라. 금전은 무난하다.

혼인 서로 화답을 하는 게 좋다. 성립된다.

애정 오래 갈 정분이다.

구직 1개월만 참으면 직장을 얻는다.

시험 좋은 결과가 있겠다.

매매 시세도 좋게 체결된다.

건강 열병에 주의.

여행 여행지에서 늦게까지 놀지 마라. 속상한 일이 생긴다.

소식 좋은 소식이 온다.

실물 파손되어서 찾게 된다.

심인 꼭꼭 숨어 찾지 못한다.

소송 오래 끌면서 서로 지친다. 쌍방이 손해.

이사 길하다.

생자 순산, 아들.

증권 보합 후 약간 상승.

상품구매 주방 기구 등을 들여놓아도 좋을 듯하다.

244

51. 진위뢰(震爲雷)

진(震)은 '진동한다. 천둥, 번개가 몰아침'을 나타내는 괘다. 큰 우레 소리에 놀라지 않는 사람이 없다. 따라서 운세는 강한 것이다. 그러나 소리만 요란하고 실속이 없을 수. 실리가 적은 결과를 가져오기 쉽다. 따라서 소리 소문 없이 차근히 실속을 챙기는 지혜가 필요한 괘다. 패기에 맞게 호운으로 만들어야 한다.

운수 협력자를 얻으면 의외의 발전이 있겠다.

소원 지루한 느낌이 들 정도로 지연된다. 실속이 적다.

재물 손실 반, 이득 반이다.

혼인 좀체 이루어질 기미가 없다.

애정 허풍이 많은 연인 관계다.

구직 윗사람에게 부탁하라. 전기, 전자 관계 일은 직장을 얻는다.

시험 약간 모자라는 실력이다. 아깝다.

매매 이쪽이 유리하다.

건강 혈압 주의, 급성 맹장염 주의.

여행 여행지에서 놀라는 일이 있겠다.

소식 먼 곳에서는 빨리, 가까운 곳에서는 늦게 온다.

실물 찾지 못한다.

심인 기차역 등 번화한 곳을 찾아 보라.

소송 피차간 손실이다.

이사 그대로 있는 게 좋다.

생자 수술 수가 있겠다. 난산, 아들이다.

증권 시세가 널뛰기한다.

상품구매 과장 광고를 주의하라.

52. 간위산(艮爲山)

산(山)은 정지해 있다. 그런데 산이 겹쳐 있으니 산 넘어 산이다. 산이 막혀 전진할 수가 없다. 초조하게 제자리만 걸을 뿐이다. 무리하면 낭떠러지의 위험이 있겠다. 매사 중지함이 좋겠다. 강한 의지만으로도 안 된다. 다만 실력을 쌓고 때를 기다리는 지혜를 알려 주는 괘이다.

운수 어느 정도 시일이 걸리더라도 참을 수밖에 없다. 나아질 것이다.

소원 방해가 많겠다. 소극적 방법이 좋겠다.

재물 수중에 돈이 얼마 남지 않는다.

혼인 성립되지 않는다.

애정 마음을 열지 못하고 이별한다.

구직 안 되겠다, 좀더 기다려라.

시험 경쟁이 심해 안 된다.

매매 가격이나 모든 면에서 안 맞는다.

건강 오랜 병이면 긴급히 치료를 서둘러야 한다.

여행 중지하는 징조다.

소식 오지 않는다.

실물 집안에 있으나 찾지 못한다.

심인 꼭꼭 숨어 있어 찾지 못한다.

소송 성의를 가지고 타협하라.

이사 불길하다. 옮기지 마라.

생자 난산이다. 그러나 산모와 신생아 모두 건강하다.

증권 당분간 움직이지 마라, 재투자 등 불가.

상품구매 다음으로 미루길.

53. 풍산점(風山漸)

점(漸)은 점진을 뜻하는 좋은 괘이다. 산 위에 순풍이 불듯이 서서히 전진할 것을 가르치고 있다. 그 동안 갈고 닦은 실력이 발휘되어 발전을 맞이하는 순간을 나타내므로 경솔하지 않도록 해야 한다.

운수 한 발 한 발 나가는 운이니 서둘지 마라, 길운이다.

소원 점차로 이루어진다.

재물 들어온다. 낭비하지 말고 저축하라.

혼인 좋은 인연이다.

애정 바람을 피우는 기분일 뿐이다.

구직 좋은 직장이 나오겠다.

시험 1년 후의 시험이면 길하다.

매매 이루어진다.

건강 관절염 증상이 있다. 급히 치료하라.

여행 길하다.

소식 늦게 좋은 소식이 있다.

실물 헛수고다. 이미 멀리 가 있다.

심인 찾지 못한다.

소송 대리인을 내세워라. 빨리 이득이 있다.

이사 길하다.

생자 순산, 초산이면 아들.

증권 보합 상태.

상품구매 여행 장비나 구입해 보라.

54. 뇌택귀매(雷澤歸妹)

이 괘는 음양이 상응하여 즐겨하는 모습으로 젊은 남녀의 결혼을 의미하는 것이다. 또 여성이 남자를 움직이는 형태로 즐거운 듯이 보이나 시작의 중요성을 나타내는 것이다. 실망하는 일이 많은 상태, 무슨 일이나 충분한 주의가 필요하다.

운수 처음의 출발과 전혀 다른 안 좋은 결과를 가져온다.

소원 될 듯하다가 이루어지지 않는다.

재물 훗날 탈이 생길지 모르는 돈은 받지 마라.

혼인 이루어질 듯하다가 틀어진다.

애정 진실하지 않은 관계다.

구직 오라는 데가 없다.

시험 결과가 안 좋다.

매매 안 된다.

건강 이유도 없이 몸이 아픈 병.

여행 가지 마라, 말썽이 많겠다.

소식 나쁜 소식이다.

실물 타인이 훔쳐가서 못 찾는다.

심인 못 찾는다.

소송 취하하는 것이 좋다.

이사 불리하다. 가지 마라.

생자 수술 수.

증권 약세, 하락이다.

상품구매 후회하는 물건 구입 수.

55. 뇌화풍(雷火豐)

풍(豐)은 풍성하다. 번개와 같이 진취적이고 놀라운 발전을 뜻한다. 하지만 너무 강한 운 다음에는 달도 차면 기울 듯 쇠운이 도래한다는 것을 알고 현재의 일이 호운일 때 새로운 일의 추진보다는 내부의 충실에 주력함이 좋겠다. 예능 관계나 전기 등의 일에 관여된 이들에게 좋은 괘다.

운수 전체적으로는 좋지만 초조함이나 놀라는 일이 있을 수.

소원 무난하다. 그러나 실리는 없다.

재물 수입이 많겠다.

혼인 인연이다. 단, 서로 강한 성격으로 융화에 힘써야 되겠다.

애정 좌충우돌 하면서도 진실이 있는 연인.

구직 가능하다. 조만간에 좋은 직장이 나온다.

시험 좋은 결과를 기다리라.

매매 쉽게 체결된다. 단, 서로 실리가 없겠다.

건강 가벼운 병도 잘 치료하도록 해야 한다.

여행 해외여행은 길하다.

소식 좋은 소식이 있겠다.

실물 가전제품 주변을 찾아라.

심인 동남방으로 가 있다. 노력하면 찾는다.

소송 빨리 결정하여 급히 끝내야 이득이 있다.

이사 일시적인 이사는 가능하다.

생자 아들.

증권 지금이 최고. 3일 후 급락세.

상품구매 가전제품을 구입해도 좋다.

56. 화산려(火山旅)

려(旅)는 나그네의 피곤한 길을 나타낸 것이다. 지친 다리를 끌고 저녁 쉴 곳을 찾는 상태다. 산에 불이 붙으니 단풍 든 것처럼 겉은 화려하나 이내 썰렁한 상태로 변하듯이 좋았던 처음과 다른 끝의 결과를 가져온다는 것이다.

운수 늘 불안하고 쓸쓸하다. 현재의 진행에 맡겨 두라. 이름을 높일 수 있는 연구나 진학은 좋은 결과가 있다.

소원 적은 것을 이룰 수 있다.

재물 소비가 많다. 절약이 필수.

혼인 잘 나가다가 결국 성사되지 않는다.

애정 가벼운 느낌의 상황으로 특별한 감정이 없다.

구직 힘들다.

시험 무리한 도전은 실패가 따른다.

매매 서로 원하는 금액에 차이가 많다.

건강 과로로 인한 두통 주의.

여행 중지함이 좋겠다.

소식 너무 늦다.

실물 거실이나 마루 깊숙이 있다.

심인 찾지 말라, 스스로 돌아온다.

소송 취하하라.

이사 중지하는 것이 좋다.

생자 순산, 초산은 딸.

증권 상승 후 3일 뒤 하락.

상품구매 다음으로 미루길.

57. 손위풍(巽爲風)

바람이 겹쳐 부는 현상으로 바람은 순종하는 성질이 있다. 바람처럼 서로 협력하며 진행해 나갈 때 의외의 소득이 있다. 이 괘는 전적으로 협동을 뜻한다. 충분한 힘을 가진 사람이라도 서로 내세우지 말고 상대방을 존중할 때 이 괘를 얻은 보람이 있다.

운수 타인과 협조하면 길하다.

소원 방해가 있겠다. 타협하고 진행하면 된다.

재물 원칙대로 한다면 상당한 재수가 있다.

혼인 겉보기보다는 진실성이 없어 어렵다.

애정 가벼운 연애로 끝날 수.

구직 윗사람에게 부탁하면 된다.

시험 지금부터 시작일 뿐이다. 계속 도전하라.

매매 타인에게 위임하라. 약간 손해라도 체결하는 게 좋다.

건강 기침이 오래 가겠다.

여행 무난하다.

소식 1주일 후에 온다.

실물 찾기 어렵다.

심인 망설이고 있다. 좀더 기다려 보라.

소송 유리하더라도 너무 강경하게 나가지 마라.

이사 신중히 따져 가면서 이동하라.

생자 순산, 딸.

증권 가벼운 상승과 하락.

상품구매 무난하다.

58. 태위택(兌爲澤)

태(兌)는 즐거움을 의미한다. 즐거움이 겹쳐오는 상태로 상당히 좋은 듯하나 매사에 매듭이 없고 어려움이 중첩되는 상태를 나타내고 있다. 도와주려던 사람을 버리고 충동적인 행동을 할 수 있으며 즐거움만을 찾아 이성을 잃고 금전을 탕진하거나 명예를 손실하는 일이 없도록 해야 한다.

운수 노력과 인내의 대가가 있을 뿐이다.

소원 될 듯하면서 지연될 뿐이다.

재물 서둘지 마라. 쾌락에 지출 주의.

혼인 마음과 몸이 따로 있어 안 된다.

애정 서로 속 앓이를 하는 상태.

구직 다방면으로 알아 보라.

시험 2~3번째 도전하는 시험은 합격한다.

매매 오랜 시일이 걸린다.

건강 위염 주의.

여행 여행중에 이성을 주의하라.

소식 곧 온다.

실물 못 찾는다.

심인 서쪽으로 가서 찾아라.

소송 중지함이 좋다.

이사 현 위치를 지켜라.

생자 순산. 산모의 건강 유의.

증권 보합 상태, 충분히 오를 수 있는 상태.

상품구매 가능하다.

59. 풍수환(風水渙)

봄바람에 비가 오니 얼음이 녹고 초목이 싹을 틔우며 지금까지의 곤란이 사라지고 점차 희망의 일들이 다가옴을 나타내는 것이다. 이 괘는 흩어진다는 뜻도 있으므로 굳건한 의지와 노력을 소홀히 하면 좋은 행운이 바뀔 수가 있으니 매사 주의하라.

운수 나쁜 만큼 보람이 있다.

소원 늦게나마 이루어지겠다.

재물 집안일 등 지출이 많을 때이다.

혼인 오해가 있어도 이루어진다.

애정 옛정을 만난 듯하다.

구직 2달 후에 소식이 있겠다.

시험 오랜 노력 끝에 이제야 결실이 있겠다.

매매 물물 교환이 있겠다.

건강 오줌소태 등의 병, 신장염.

여행 가능하다.

소식 늦게 온다.

실물 파손되었으며 찾을 수 없다.

심인 찾지 못하고 오랜 뒤 소식을 듣는다.

소송 타인에게 위임하고 기다려라, 오래 간다. 승산.

이사 가능하나 서류 등을 잘 살펴라.

생자 수술 수가 있으니 의사와 상의하라. 아들.

증권 오르던 시세는 하락, 하락 시세는 상승.

상품구매 가능하다. 의류를 구입해 볼 기회.

60. 수택절(水澤節)

절(節)은 절제, 절약의 의미도 있지만 마디마디에 매듭이 있어 매듭을 풀고 진행해야 되는 어려움을 뜻한다. 모든 자연의 흐름같이 물이 호수에 고여 있지만 말고 계속 진행되어야 발전도 있고 행복도 따르는 것이다. 때론 우직한 근성으로 난관을 이길 때를 가르치는 괘이다.

운수 절도를 지키고 흔들리지 않는 의지로 운에 도전할 때.

소원 자신의 분수에 맞는 것은 이루어진다.

재물 수입이나 융통이 막힌다. 장기적 계획이 필요하다.

혼인 일방적 사랑으로 이루어진다 해도 고비가 많다.

애정 짝사랑으로 끝날 수.

구직 안 된다. 다른 직업으로 성공하길.

시험 실력은 있으나 아직 시기가 아니다.

매매 타협이 안 된다.

건강 대장염과 변비 주의.

여행 가지 마라.

소식 오지 않는다.

실물 주방 쪽을 찾아 보라.

심인 찾기 힘들어졌다. 기다릴 수밖에 없다. 일주일, 7개월 또는 7년이 되어야 한다.

소송 시일로 인해 금전 손실이 많다. 중지하는 게 낫다.

이사 4개월이나 4년 뒤에 이사하라.

생자 순산, 아들.

증권 하락세가 4~5일 가겠다.

상품구매 다음으로 미루길.

61. 풍택중부(風澤中孚)

중부(中孚)는 성심, 믿음의 뜻이다. 연못 위에 바람이 부니 물 위의 부유물을 청소하고 깨끗하게 만든다. 정직하고 성실한 이들이 얻을 수 있는 괘다. 전진하여 뜻을 이룰 수 있다. 특히 상담과 교섭으로 일이 성사되는데 간혹 감언이설을 주의해야 한다. 지금은 매우 중요한 시기임을 암시하는 것이므로 호운을 맞기 위한 침착함이 있어야 한다.

운수 재능을 인정받고 기회를 잡는다. 독단적 행동 금물.

소원 반드시 이루어진다.

재물 수입은 많으나 그만큼 지출도 예상된다.

혼인 매우 좋다. 진실한 인연으로 이루어진다.

애정 흠모하고 존중하는 관계다.

구직 가능하다.

시험 승산이 있다.

매매 서둘지 마라. 꼭 이루어진다.

건강 소화기와 귓병을 주의하라.

여행 가능하다. 해외 여행이면 더 좋겠다.

소식 이쪽에서 청해 보라. 급히 온다.

실물 동남쪽을 찾아라.

심인 돌아올 마음이 있다. 수소문해 보라.

소송 화해가 이루어진다.

이사 무난하다.

생자 순산, 아들.

증권 서서히 상승.

상품구매 대체로 무난, 과소비 주의.

62. 뇌산소과(雷山小過)

소과(小過)는 '조금 지나치다'라는 말과 같이 현재는 지나침이 없고 무리하지 않는 차분한 태도로 일관할 것을 가르친다. 능력의 한계에 맞게 일을 만들고 매사 점검함을 잊지 않는다면 무난한 운임을 나타낸다.

운수 모든 일은 작게 생각하고 기다리면 좋다.

소원 작은 소원만 이루어진다.

재물 좋지 않다. 계획을 잘 세워야 된다.

혼인 성사되지 않는다.

애정 말뿐인 사이로 진행된다.

구직 하찮은 일이라고 무시하지 말고 알아 보라.

시험 좀더 공부를 해야겠다.

매매 값 하락으로 손해.

건강 병이 오래가지 않도록 주의하라.

여행 여행중에 가벼운 찰과상이나 발목 삠 등을 주의.

소식 오지 않는다.

실물 찾지 못한다.

심인 뒤만 좇는 형상이다. 찾지 못한다.

소송 손해 본다. 취하하라.

이사 흉하다.

생자 조금 늦겠다. 아들.

증권 조금씩 하락.

상품구매 꼭 필요한 것만 사고 그 외는 미루길.

63. 수화기제(水火旣濟)

이 괘는 주역 육십사괘 중 가장 음양의 위치가 바르고 완성을 의미하는 이상적인 형상이다. 모든 것이 만족된 형태로 이러한 가득 찬 상태가 지속적으로 가기는 어렵겠다. 마음의 안락과 평정을 갖추고 지내어 길운을 잘 보내야 하겠다.

운수 현재가 가장 좋은 운으로 차차 좋지 않겠다.

소원 반드시 성취된다.

재물 현재로 만족하고 더 이상 바라지 마라.

혼인 이루어진다.

애정 깊은 사이로 발전하다 고비가 있겠다.

구직 곧 소식이 있겠다.

시험 가능하다.

매매 계약 후 후회할 수. 잘 살펴야 되겠다.

건강 신장염과 설사병 주의.

여행 대체로 무난하다.

소식 매우 늦게 온다.

실물 잊을 만하면 나온다.

심인 스스로 올 때까지 기다려라.

소송 시일이 상당히 길다.

이사 현 위치가 좋다.

생자 대체로 무난, 아들.

증권 보합 상태.

상품구매 무난하다.

64. 화수미제(火水未濟)

이 괘는 지금은 미숙하기는 해도 완전함이 멀지 않음을 예시하는 것으로 이 제 희망을 가지고 소원을 이룰 수 있음을 나타낸다. 시기가 되면 성취할 것이므 로 급히 서둘지 말고 일이 더디다고 안타깝게 생각하지 마라. 나중에 의외의 성 과가 있다.

운수 갈수록 좋은 일이 많다. 중도 단념을 하면 안 된다.

소원 늦게 성취한다.

재물 아직 수입보다 지출이 많다.

혼인 파혼 후라도 다시 이루어질 것이다.

애정 서로 솔직히 고백해 보라.

구직 실력이 인정되었으나 좀더 기다려 보라.

시험 재차 도전에 합격한다.

매매 값이 하락한 상태에서 계약된다.

건강 스트레스, 과로 주의.

여행 가벼운 여행은 가능.

소식 늦게 소식이 있다.

실물 찾지 못한다.

심인 한 발 늦게 도착하여 찾지 못한다. 타인에게 부탁해 보라.

소송 별 소득 없다.

이사 4개월이나 4년 뒤 이사하라.

생자 순산, 딸.

증권 약간 상승.

상품구매 가능하다, 집 단장을 해 볼 만하다.

점 좋아하세요?

초판 1쇄 발행 / 1999년 7월 10일

지은이 / 이혁경
펴낸이 / 김종윤
펴낸곳 / 테마북스
출판등록번호 / 1-a2297호

서울 마포구 합정동 371-18 2층(121-220)
전화 /337-9743(대) 팩스 / 322-1340

하이텔 ID k1173/천리안 ID fibook/나우누리 ID fibook
인터넷 홈페이지/http://www.fibook.co.kr
인터넷 E-mail/fibook@soback.kornet.net

ISBN 89-88448-15-4 03800
값 7,000원

지난 겨울, 젊은 네티즌들의 밤잠을 설치게 했던 바로 그 소설!

푸른마녀
이인석 장편소설

오늘밤, 그대의 창가로 흘러드는 푸른마녀의 노래소리를 조심하라!

그대는 아는가, 사랑이 없는 섹스가 얼마나 허망한지...
하지만 이보다 더 허망한 것은 사랑을 가장한 섹스.

이인석......21세기 컬트 문학의 새로운 기수
'소설천사' 라는 필명으로 작년 겨울 천리안 문학사랑에 〈푸른마녀(원제:노여단)〉를 연재하여
젊은 네티즌들의 찬사를 받았던 작가. 성균관대 불문학과 졸업,
민족문학작가회의 회원이기도 한 그는 스피디한 사건전개, 사이키델릭한 묘사,
시적 문체로 독자의 감성을 예리하게 파고드는 새로운 소설의 영역을 모색한다.

전3권 / 신국판 272면 / 각권 값 7,000원

마 인

김찬진 지음

X파일 관리자 김찬진이 전하는 악령의 세계

2004년 4월 4일! 마침내 한반도와 중국 대륙 사이의 한가운데에 떠있는
흑적도에 숨어사는 악령들이 서서히 육지를 향해 움직이기 시작했다.
영매의 세계를 드나드는 공포와 충격의 대서사시!

전4권 / 신국판 270쪽 내외 / 각권 값 7,000원

하늘의 아들

장순교 지음

미래 한국의 지형도를 바꾸고자 하는 사람들이 읽어야 할 책

통일한국의 대통령을 꿈꾸는 자 누구인가?
숨가쁘게 읽어 가는 이야기 속에서 만나게 되는 거대한 음모와 계략.
이제 DNA조작은 윤리적인 문제가 아니라
인류의 생존을 위협하는 병기가 되었다.

전2권 / 신국판 272쪽 내외 / 각권 값 7,000원